わずかに煙っているのは

花

花がもえたあとですと　火屋の男が教えている

ちう

か

現代詩文庫　215

思潮社

三井葉子詩集・目次

散文

作品論・詩人論

装幀・菊地信義

詩篇

詩集〈清潔なみちゆき〉から

春

外郭をめぐってくるものがある
ひとすじ血煙りを立てるものがある
ガラス窓にはまりこんでくる光は
いつもかなめを失い
ふきたつように
おまえの眼玉を包むけれども
網膜をはぎ
おまえは、テーブルを滑りかけた青磁の壺よりもすばや
く、
たなごころにあげられて
さなぎの蝶にかえるように
舞いだすだろう
その変身のかたみは、ない。
うねりつゞく菜の花畑は、いきれで熱い
はらわたを皿にのせたようにである。

夢

花も実もない
仰向けのたたみべりを妹と歩いている。

妹は指でつゝいて
バターナイフをなめながら
私に話しかける。

もつれるほどたくさんの
やわらかな春の花よ
お前は
胸毛をさかだてて
広い舗道をとんで行きたいか。

貨車が止っている。

雨あがりのぬれそぼった朝やけに
スズメがもつれてころげ落ちる。

ふところをかこちながら
ぼそっと鼻汁をかむと
狂気が手づかみに埋れる。

妹よ
舗道は滅茶苦茶に折れ曲る。
役立たない目のプリズムが
あれあんなに。

未だこの世は終りではない

I

『何を笑うの』と私は聞いた。
何事もない夜更けは窓が閉っていた。

頬を傾けて何が起るのと聞いた。
不思議に秒針が進んでもっと夜更けて行くようであった。
リンゴをたべて
橋の下をみると
色づいた水が流れていた。
行く処もないのに低い方に向っているようにみえたが
丁度ジョウゴのように
口をあけて待っているものがあることも想像出来た。

急にこわくなって私は尋ねる
『どうして私を愛するの』
『お前さんにほれてるからさ』
『大丈夫なの』
『あゝ、大丈夫だよ』

晴れた日はレモンも匂う。
とくとく歩きまわっていた。
何もかも歩いていた。

II

ぼたんが咲いたときのこと
指切りしたことを
とっくの昔のこと
ぼたんの花
　あなたに聞いた
　あなたは答えていた
不吉な言葉はなるべくさけましょう。

化粧した彼女が
ばらりと首を垂れる
息はのどをとおらず
毛穴からはどんどん抜け
すっかり組織の変った彼女は
あなたの期待と同じ結果で動かなかった。

死が始ったのは
それから。

浮世絵に照らされて
あなた達が歩いていた
おそろしい一巻きの絵。

『さよぅなら』
手をふってドアを閉めました。
いくら泣き出しても
遠い景色におびき出された声は
頭骸骨を開いて昇って行きました。

清潔なみちゆき

生き死にも要らない貝肉が
もしかして貫ぬいたことなどを
信じなくてもいゝ
信じられないのは　庭へ来てなく小鳥
私だけが異様に重たいのは
星の国で聞いた話だ。

刈れ　刈れ
刈りこめばシンキロウがゆれている
削りとられた地球だ
あれほどみたかった夢だ
ぬれぬれとまばたいた三ツの眼は
アイモの勲章
腹のなかの電気ウナギは
さん然と落ちている空の星だ。

欺けませんわ
わたし　籠に入って
ころげているリンゴのように
（それはなんと壮烈な眺めでしょう）
行くのです
それから
恋のテーブルはこわれ
向い合った恋がこわれ
われもこうの鮮赤に染って
わたしとあなたは　見分けがつかない。

赤い靴

私の眼は膿むだろう
坂は溶けおちて
ふかい石廊にみえ
斜視をもれると
西陽は
マグネシュウムのようだ

どこからよぶのだ
こゝにはなにもないのに

ママ、ママ、

黒い呪文に
はねおちる日覆のうら
まろびでるすあしの太陽
はかせてやるよ

赤いフエルト靴
染めかえした
杭を抜いて
ほら
盛りの花がいっぱいだ。

蛙

こんな陽のかゞやきが
蛙の背中で光っているのに
このうえ　なにを重ねようと云うのだ

私は赤い実で　胸を抱いていた
肩も腹も捨てゝいた
舌で生きていて
だから　いつもまるく不安を嗅いでいるのが
蛙よ　じきに分かったが

あしたは飾らねばならないとおもい

からだが　酸いざくろの輪に
ひかりだしているのも
ときどき　眺めたのだ。

向わねばならない

向わねばならないのかも知れない
うすい色でまわっている太陽
首だけをもたげていれば
びらびらと血しづくは固結して
中端　溶けている空気に発射して行く
これは虹よりもきれいだとおもう

あのとき
めくるめいて発酵していた人形の首
私のぶあつい胸のせっかくの肉が

腐って見えるようにおもうと
なにごともなく　赤いカーネェションが暮れる
さくらんぼの実のなる頃は
椅子が膝を合わせて客を待っている
不思議のないひょうきんさで
食欲をたてゝ肉が焼けるのは

いつのまにかミルクがこぼれた手前
ひとときが　いつも最終を告げ
はいづりまわって静止すると
向う姿勢がいゝのかも知れない

（『清潔なみちゆき』一九六二年ブラックパン社刊）

詩集〈白昼〉から

八百屋お七

むすめのまわりに人垣ができて
夕映えだ
一回ぎりの　ひきまわしのあいだじゅう
こぶしをぎゅっとにぎりどおし
ばらばらと
白い藤のような指がおちる

あとはおろおろと泣け
泣けるだけ泣いたと云って
帽子をななめにかぶりなおすと
きな臭いのといっしょに
わたしから　白い鳩がわっと飛ぶ

美男

ふるえるな
ことばはピエロだ
床を這うたましい
さあ　谷間にはレモンのように酸い肉が吊ってある簡単
　な食事にしよう
桜草の衣裳はやわらかすぎ
この焦げすぎているパンよ
なにひとつ　快適なもののない　わたしのからだのなか
　で
ぶよぶよのおまえを舐めてくれ
疑いもしないで
緑色のしづくを垂れる
うつくしいおとこが居るのだ

自在にうごきまわる垣があって

かなしい垣があって
だれも越えることができない
肉ののびるほうに　こうもりの肢ができるように
自在にうごきまわる垣があって
畳のうえにあなたを敷けば　産れでるとでも云うのでし
　ょうか
疑いばかりが
指をからめていて
とろとろと腐ってくる未来がみえる
世帯じまいをいたしましょう
いそいでください
わたしのものにならないうちに
どんな色もみないうちに
激しく済ませてしまってください
かたすみへ追い払ってください

めくるめく日向《ひなた》へ
駆けくだっている車輪よ

（『白昼』一九六四年龍詩社刊）

詩集〈沼〉から

沼

髪の毛はあやめ色よりも薄く　散る沼の
波のかしらの陽を奪う　日曜日のまぶしい恋人たちよ
なめらかな舌を滑る　のどの明りに
おまえのおとこを写している
おまえのおとこが　青葉色して　おまえののどを通って
いる

ほうせんか

あかいほうせんかから　おんながでてくるのはなんとや
さしい風情だろう
なにと言って変らぬまに　知らせがきている　ぬえの沼
に

はかまだちのりりしさが青竹の色に裂けていれば　風が開いている
風はそんなに雷光きらめいて　惜しげもないしろいあしよ
迎えられるのはいちどかも知れないのに
ほうせんかをみるたびにおんながでてくる風のむれは
ふかいあかい眼をだいて　ひとむらの花にむれて吹く

椀

白い飯はこぼれるだろう
うつせみの世の光環をいまはこぼれて
かぎりある　椀のかなしみをなだめるだろう
染めよせる　昼の枕の
蜜語はこぼれておちているだろう
美美しい武者に焦がれていった　吸い口のあとはただれて
椀のかたちをなだめるだろう

あやめ

鏡に向えば　ばらばらになる顔のかなしみが　あやめにながく裾を引かせていた　萼《うてな》にむかう筒っぽうは　しろい胞子を抱いてほの白く明けていた
水音のはげしくなる池の落ち口には
どこかで切れるのではないかとおもえる光線を引きながら
淫乱のあやめの断ちがたいなやみは
ひかりのかよい路を　きらりきらりと通うていた
幾夜《よ》さをおとこの枕辺に通うていた

花の里

梅を拾う
花を拾う
国を拾う
山河を拾う

螺鈿の回廊を踏むのはわが夫《つま》の
あしのさきからあたまのさきまでしだいに凝《こご》れば
頭髪のはなかんむりのひらいているのが
この胸をはなれぬ　心臓の蓋をはなれぬ　血にまじって
　はなれぬ
それで　たったいま
春は敷物を拡げにきている　晴れの衣裳を染めにきてい
る
どさくさまぎれの花の里は
愛人よ　名からより尋ねもならぬ慣わしであれば
名をひとつ拾うにはあまりに切ない里ではないのか

恋

石子づめになりながら
光っていたのはおまえばかりではなかった
しだいにふえてゆく
石子づめの死斑は
はんなりとしていて
石子に詰められた　光る肉をさそっているのである
光る肉のあいだでは
ながい　かな文字の恋文を
ひらいている
あかとみどりのほそい脈が
ひらいている

＊石子づめ　中古、罪人を生きたまま穴に入れ、小石で埋め殺した私刑。

（『沼』一九六六年創元社刊）

詩集〈いろ〉から

かんざし

そうして　さすのよ
笹原に水はまんまんと越えていた
ふたりは話しながら水を越えてゆくのに
足元から立ちはじめ
わたしを奪《と》りかえす白鳥のようなおとこを
わたしも鳥の目のようになって
深い井戸に　たましいを落す。
水は遠く鳴っていて
かんざしを　こうして差すのよと言えば
水にひろがる愛慕のおもいが　ひざに集っている
かんざしを差し給えと言って
右の手でかんざしをわたす。

さるすべり

しろいさるすべりのはなが立つときに
かたちはわたしのこころの臓とそんなにも似て残る
月もない日もない暗《くら》がりに　咲くしろいさるすべりがあれば
わたしは肉を奪《と》られるようにして　円心を落ちてゆく
こいびととの別れがきて　さるすべりのしろいはなに変
れ変れ廻りながら　わたしが奪られてしまったしろい
しろい暮れがたのはな。

さくら

ふたりは欠けていて
むねのうちを　うすもものはなびら　さらさらと流れ
　くるしい夜が続いていた
一文字の口唇からともしれず　しのびねの　ほとほとと
たたく瀬戸のうす明りにも

はなは　さらさらさらさらさらと降っていた

月

せめてはもみの衣で巻いて酢のめしを切るようなあそび
をしよう
あなたの手にはひとつ
あなたの手にはひとつ
もうどんなに播いたとしても　二度とはもやのようにひ
ろがってはゆかないもみのきれのゆめをみましょう
ゆめになってしまったきりきりと巻く赤い巻棒が
あなたの手にひとつほうらひとつと乗るときには
どんなに深いもやがきても　解けてはしまわないもみの
きれで巻いていましょう
弓張のつるをひきしぼっているのは　月のようなおとこ
であれば

柳

わたしが牛乳を飲みおわるまでは　そばに立って待って
いる恋人よ
ああ　ふたりのあいだには風が吹いている
きのうまでは吹かなかった風が吹いて
あなたのうしろには柳が茂っている

春

みえているようだけれど　みとどけられないままで
肉と骨はこれでもよと言うように固くはなれずに
さかおちになっているのは
そこにすきまのある水のしぶき　はなふぶきのうすもも
のいろでそれと知れる
あなた　わたしたちにもそれが仇《あだ》となってひとつの絵空
事へと始まってゆくばかりの春があったのか
芽は芽吹いて芽はどんな地にひらき立っているのか

それが緊密のしるしの　一枚の刷絵になる一枚の肩のめずらしさを
あなたよ　ああだんだんに溶けてゆくわたしたちの仇絵《あだえ》にしまいかくされて　誰れがそれの指跡を探しあてることができるだろう　緊密な春に

（『いろ』一九六七年私家版）

詩集〈夢刺し〉から

魚

なにを落しましたのでしょう
このさびしさ
落してはならない燃える魚を落してしまったあとは
風は燃える魚の幻を吹き
吹きつのる風のまただなかに足もつれつつ　いつか燃える魚になってしまうわたしを落してしまったさびしさが　幻の魚をみています。
吹いている風のなかにたくさんいる燃える魚が
わたしからゆれ逃げていったさびしさをわたしに言うたび。

つつじ

死にたいとあなたがお言いになれば
ひのしをしている布《きれ》のうえに
山のつつじが燃え浮かぶ
いのちを寄せるのがそんなに単純なことなのを泣きながら
白い布《ぬの》につつじのいろの寄るはやさにも及ばずに
燃えるつつじの谷にまで
ゆっくりと駆落されてゆきます。

藤

なんの木の芽もみんな摘みとるたもとの暗《くら》がりには
吹きぬけるばかりに明るく青葉は風にゆらぎ
ゆらゆらと渡ってゆく白い蛇さえしなやかにやせていた。
わたしの眼は青ければ
青いおとここそ
ひら　と夏の単衣の肩をまたいで
ひら　とたもとの向うに帰すおとこがゆえに
山を越えてきた　土産の藤のひと枝をわたしにかざすおとこのひざに
なにを追うがために囲まれた
幻のままの水気したたるがままの濡れるあしを引いて
追いすがる。

ひかる君《きみ》

なぜ　ときけば
だまって。
どうして　ときけばわらっている光源氏よ。
その切ないよび名のあとをながれるひかり
指でする約束のあとはなみだがにじんでいて
あなたの烏帽子のかげで千本の指がすがたを失うときに
わたしの袖にもよろよろと迷うひかる君《きみ》よ。
どうして　ときけばわらっていらっしゃるばかりに

ひとり居る袖にはかげろうのもえるようにひかる君《きみ》がもえたつではございませんか。ひかるあなたよ。

花

もう　おしまい
つれなくも舞う舞いの衣《ころも》を　引きおとそうとして
土も木も水も欲しがっていたけれども逃げていってしまった。
日のうつろいのあいまあいまに
ふくらんで
そんなに美しく鳴いていた呼ぶこえを
日のあいまに置き残したかたみのかわりに
逃げてしまって
引きおとそうとしていたのに。
空《くう》をにぎっている手をやさしくなだめて
欲しいものが地のうえに落ちている身替りのあなたが
その手のうえにひらいて下さったのに。それでも。

火が移るまでを

待っていて下さいまし
わらの草履に付くような火が消えるまで
燠火を明してせめてはよるが明るむまでを欲しい
わらの草履に踏むほどはかえす足裏から真直に白むよるを
ほとほとと踏んでくるまでを。
待っていて下さいまし
ひとめあえば赤く火を移すことが出来る
その火照りのほのあからみにあなたが立って待っていて下さいまし
火が移るまで
いまは火が移って燃えるまでを。

（『夢刺し』一九六九年思潮社刊）

詩集〈まいまい〉から

はなの傘

やわらかにあなたが寝ていて
わたしはきょうの絵日傘
あしたのから傘
わたしは茎のようにやわらかになりながら
かたちないあなたにかける傘をかける
かたちないものにいそぎながら
傘をささずにいれましょうか
はなをかざらずにいれましょうか
そんなによいものが寝ているうえに
よいおとこのうえにはなの傘を。

はなのふじ

まひるまにゆめのように咲くはなのかぎりを出て
出てゆくあなたに肩をならべてあるきながら
わたしのあしはゆめを踏んで
ゆめを出るうつつを踏んで
わらうあなたがはなにみえるゆめのまひる。
ふじのはなが
その名のふじが
わたしをからめたふじのいろを咲いているのを知りもせ
　ずに。
はなの岸にあるいていって
名のないあなたに溶けるときに
はなのまひるに咲いていたのを知りもせずに。

あかい椿

あかい椿

ゆらゆらのあかい椿を　ひと息に咲いている椿を
あれが名残りの椿と指さしてあなたに言えば
指のさきにゆらゆらと落ちる椿のはな
くりかえしても
はなになる椿には間遠い指をさしかえして
わたしは溶けやすく　ゆらゆらのゆく椿のいろを踏みな
　がら間遠の椿の木までゆく
椿よ　とおしえて言う椿の木の下にまで。

川

口唇から出る温気《うんき》がかさなりながらきえる川のうえにさ
　しかけて　はなが咲いている
そうしていてね
たたみのうえにしなやかに寝ているそとを
うすももいろにはなが散り流れている
いつのまにか白い骨のように
しろく寝るひとすじのはなの茎に
寄り流れるはなのおとが
かすかにして
はなびらはははたはたと重っている

刺青

おまえのいのちと刺青をしようとおもったが
あわれなことであった
動くものを集めて
夕ぐれがはなの森にかえるように
はなのいろの肉を集めて
何処へ連れていってしまうのか
たきぎにするほどたくさんのはなの茎を器《うつわ》に盛って
川に流すときのように
盛られようとした肉のさびしい流人。
わたしからゆきおちて
あなたにかえらず
この岸からむこうの岸にたがいに流す

はな盛る花籠

雀

閉じることは出来ない割れた雀
肉に紅梅いろの肉にうちかかるはなを喰べ
ゆるい端をあるいてゆく
端には差してる枝にはなが燃える
裂けたあとによりつくろえないはなが燃える
ゆき済ましたあとの端をまわれば
むこうの紅梅の鞠をつく
手になだれる紅梅いろの肉のなだれを鞠にしてつく。

泣いている

水仙のまだぬれている茎を組んで
霜のように渡ってきていながら
架けたりないはなの茎の短かさのように
架けたりない短かさを
ああもこうもしてやれなかったと言って
泣いている。

糸取り

みずのこぼれてこわれるようなときを掬うてきて
あなたからわたしにこぼれる
かやつりぐさのような手で
なんの糸取りをしたのでしょう
かやつりぐさのほそい綱わたりをするあいだ
みずはこぼれずに
わたしに渡ってくるのでした
みずのたまはころころところび
はかなくなるみどりいろのくさのうえをころんでくるの
　　でした。

芽

もう言わなくてもいいことを
豆腐のようにやわらかな
突然うすやみを破ったものとして
散りさかり散るうすもいろのはなにのせてかえりたい
いつのまにかうすいはなびらに収斂されたわたしの散る
　のを
てのひらにのせて
わたしは散ってゆくはなびらをみていたい
突然かがやくことのない肉体がはなびらのあいだにはさ
　まって　ひかりあがってくるのをみていたい
はなのしたに
雨のふるようなしめやかな気配がして
芽のたつようにたっている
やわらかな肉体のならぶ。

めぶきやなぎ

わたしがもう月もみえないと言うのに
あなたはみえると言う
うでのようにかかった枝を橋のようにかけて
わたしのかおにめぶきやなぎの若い芽が
ばらばらとふりかかる。
わたしのみえない月をみせるために
綿のようにうでをだして
めぶきやなぎを折るあなた。

ゆめ

さしかうゆめ
にしにゆくゆめにもたれてにしにゆく
にしはふかく衰弱して
いろないはなもいろのぬのひらいて旗のように　あしを
　つつむ

ゆめに漬かる酢いものを　その酢いぬのにつつみおわる
ゆめのなかでのおわりのしぐさに
さしかうゆめ
ゆめにもたれてひがしにゆく
巻かれるまえの酢い記憶がわたしをたたせおくらせる
わたしのあしがさきにむこうで待ってでもいるように
ゆめのふとんに寝ているのがわたしをだるくさせている
ゆめのさしかうそんなあいまは。

（『まいまい』一九七二年私家版）

詩集〈たま〉から

山ざくら

日に糸を巻いて
糸はなないろにかわって
日は手のうえにわたって
手から糸に巻かれてころげておちて
山の坂は夕日ぐれていた
山の坂のうすくくらいやみには
白い糸のような山ざくらがひかっていた
ひかりながら山ざくらは
よるに日をわたすようにうでをだしていた
さしだしたうでに巻かれて
日はころげていった
やみのよるに。

つつじ

山の衣に
おびきよせられて
山の肩にとられてしまったと
あなたにも言っておしえているのに分からないのね
脱いでそろえた下駄のような
つつじのいろをみなければ分からないのね
山の衣を着たときの
覚えてもいれないような不覚のときを
つつじのはながとりかえしているのでしょうか
あかむらさきの。

さくら

あなたのかおにはなびらがおちたり消えたりしながら
日がたかくなって
川が青くみずがふえてながれるのは
もう　あとかたもなく消してゆく用意でしょうか
青い川ね　とあなたに言えば
魚の尾のように
ひらひらとちるさくらのはな。

ほたる

虫のようにやせたあなたをだいていると
わたしはほたるになったのでしょうか
着物であしをつつみ尾のようにたたんで
どこにゆくのでしょう
だいてぬけてきた水稲のうえを
点りながらゆくほたるの　ももいろの肉のような炎は
わたしのゆくすえでしょうか
そんなももいろの尻のような芽のようなゆくすえを　きゅっとだいてしめて紐のようにわたしはくびれてゆくのでしょうか
ぬけてゆく火をおいかけて。

（『たま』一九七四年風社刊）

詩集〈浮舟〉から

こいびと

わたしのむねのなかには
むしや　むしのあしを嚙んでいる夕日のいろや　折れて
いるあやめやほころんでいる夕日のいろや
そのほころびはとおいところまでとどいているように割
れている戸のすきまから
這うてゆきさえすれば　とそんなふうにさわいでいるむ
しや　むしのあしを嚙んでいる夕日や折れているあや
めのはなの束がすんでいて
ゆきたがる
わたしをむこうにさそいだす
むこうにひかりがすんでいて
わたしのこいびとよ。

雨のあと

雨のあとでふじのつるがゆるんでいた。
はなの散っている池に日が射している
わたしはどこにもゆかなかった
それなのにふねにのってこんなにとおくにきたわ　とあ
なたに言って
もつれてみたいとそうおもっていた
あめのあとの葉のさきで
あしをあげてきんの糸をからめている蜘蛛のうごくのを
みていて。

池の日射し

とおいところで
結ぶものの名は知っているけれども　あなた
わたしのむねの池をかきまぜて
あなたが投げ入れたやなぎの枝をその日のまま

とりだして
鳥を追うたり
はなを叩いてあそびました
きょうは池に日射しはゆるくゆれ
どんなにあなたがこいしいでしょう
むねのなかにあなたがいても。

しゃくなげ

あなたのかおをみるたびに
夏はしゃくなげのはなが咲くたびに
どこかへあなたがいっておしまいにならないように
わたしはあなたを追いかけていって
そのたびに　さわらないわと言うのだけれど
あなたのかおにゆらゆらとはなが咲くのに
さわらないでいれましょうか
あなたがわたしを惜しんでいて
わたしがあなたを惜しんでいると言いながら

手をだしてしまう　ほろほろとこぼれるほうに。

はな

わたしのこころはきぬではないから
木にはかからないはずなのに
あれは枝にかかっているわたしのこころでしょうか
はなが咲くたびに
干した肝のように乾いて
枝から離れてちってきて
わたしの肩に皮袋のようにかかる
そうでなければどうしてこんなに恋しいことがあろう
木から宙をひとつ
舞うようにしてあかあかとちぎれてくるはなをみるたび
に
もえるように待っているわたしの肩を
あなたが抱くたびに。

あいびき

そとはもうくらく暮れてきても
あなたがおいでになる戸のそとにたって　わたしはあな
　たを待っていましょう
すこしでもはやく会えるように
あなたが濃いところをめじるしにしておいでになるよう
　に
くちばかりあかく濃く塗って
さぐる手が
そこはふかいの　きをつけてなどと言っているあいだに
　とどいてしまうのでしょうね
ちいさいむらのなかにさいているあじさいのはなのよう
　に
あやめもしらずにさいてしまうしろい首のはなのように
ふかいところからふかいところに渡るようにして。

そんな舌

いま　さようならと言ったところなのに
あのことばはなんと甲斐のないことだろう
あかとみどりの鬼のようなそんな舌に
はじめから喰べられてしまうことがわかっていたにして
　は
あまりにやわらかく乗っていたふたりのじかんを
日がくれかけて
さようなら　と言って
ことばにしめ木にかかるようにくくっているのに
こころぼそくくれてゆくうすやみのなかから
あかやみどりの鬼の舌がわたしをなめにきて
ことばが解けてしまう
解けてものみちをかえってゆきたがる。

（『浮舟』一九七六年深夜叢書社刊）

詩集〈君や来し〉から

家の中のさくら

わたしは上り框で靴の紐を結び　帽子の紐をあごで結んで出支度ができた
敷居を越して吹かれて花がしばらくのまに足もとに寄っていた
花びらが吹きこんで家の中が明るくなった
あまるほどの花は戸棚の上にも板敷きの上にも着いていた
わたしは外に出たのだけれど　眼には明るいさくらの花が残った
わたしは別れるのを知っていた　まだ幼かったがもうこの家に上がることはないのだとおもっていた
花は天井にも壁にも咲き残っていた
いまも四月になると　両手を拡げたような花の枝が眼の中に咲いていてわたしを家につれて帰る

のぼるゆめ

それはほそい路地なのに
はるばると月が渡るような野原にみえて涙ぐんでいます
肩に柳がふれるのも
あなたが背に負うてふさふさと引いておいでになったさくらの枝にさわるのも
どれもみな
わたしとあなたがこんなにもそばにいるというしるしなのに
羽虫のように花について蛙のように枝まで飛んでいるひと晩じゅう川のせせらぎがいつの世から続いているのだろうかとおもうように
こんやはひと晩じゅう　ことことことことことことと
あの遠い野原を渡る胸の音がきこえます
天まで行くでしょうか
はるもおぼろのむらさきのよるをのぼって行くゆめ
わたしはゆめをみています
のぼってゆくゆめふたりして

こぼれる

わたしだってわからない
掬っても掬っても
どうして水がてのひらからこぼれるのかなどと
どんなにこころしてもこぼれてしまうたくさんのものが
きょうは染め場の干し物のように　風に飜っているので
わたしは泣いています
誰にも持っていることはできないのに
てのひらからこぼれると言って
あの子が火のように泣くので　わたしも一緒に泣いています

夜

夜になりました
あかりを惜しんで戸をたてかねていたのだけれど
もう外のけしきも見えなくなって
あとは舟に乗っているような
波の瀬にゆられているようね
浮くときは天井につくようだし
波間はすりよるので　ひとことの言葉でも花のように咲く
わたしは眼をとじて　坂道を歩いていたときをおもい出しています
月が頭の上に
雁がないて渡るのもふしぎではない
ふたりが連なって飛んで行くのもなんのふしぎもない
夜になりました

雨

雨が降りました
それで　弓なりに反っていた縁の板も直ぐになり
すき間がなくなりました
影が射しても

姿よく写って
いままで気付かなかったのに
下拵えまで分かって
ええ
花になる　萌え出すまえの芽まで写って
もちろん月も写っています
歩くと絵の中に消えてゆくような気持です
　半身………

牡丹花

誰も居ないのかと尋ねながら　留守の家に入りこんでい
る
ときどき外をうかがって待っているけれど
かんざしを差したむすめや
帰りがけの手品師が通っているばかり
帰って来ない人の列は
あ、あれではない　あの姿でもないとおもっているうち
　に増えて
むこうの坂はもう深く落ちている
かなかな蟬が鳴き出して
灯を入れると
かなかなとよじれる縄目
帰らない人を縄でしばって引いて来もせず
いつの間にか　太い縄でわれとわが身をしばって
まるで樽の中にいるように酔うている
牡丹色になっている

牡丹

布団をゆずってあのひとを入れました
ふたりは落ちてしまいそうだったけれどこぼれませんで
した
針金のようなものがところどころ引き合うときには見え
ていて　つながっていたのです
つながっているものは

天からみれば牡丹の花のようかも知れない
離れないでそのまま舟が水に浮くように行きたい
それでさえあれば恨みません
天の萼《がく》からゆっくりとふたりがもがれて行ったとしても

玉のように

ほんのひとあしかふたあし歩いてふりかえると
ほんのひとまたぎの小川ほどのあいだに
糸は切れているのだった
わたしは　緒は一度きり切ればそれでよかったのだけれど
そのときは　産湯のように目もくちもはなも月の光がわたしを濯いだ
野にも山にも子は産み置きやれ　産んで置けば子は育つと子守《こもり》はうたうけれど
野にも山にも玉のように子は育つだろうか
離れるたびに切れて玉のように

家

わたしには家はないのだけれど
木の葉のかげがわたしの眼の前でちらちらと燃え
家のひさしのかげのように燃えている
わたしはその木の下かげを通ってなつかしい家に入るのだけれど
ああ　ほんとうにね
眼がさめたら野っ原で寝ていた　狐に化かされた話みたいに
若芽があかく噴いている樟が一本
ざわざわとかぜにそよいで立っているでしょうか

（『君や来し』一九八一年海風社刊）

詩集〈日の記〉から

さくら吹く

堰いて
堰かれて
高い嵩
もろい嵩に火を付けたのが八百屋のお七
照る身も高く
花も高く
いづれはとどかぬ処へ背伸びした
いえ　とどいたばかりにお七の火事

燃えるなら
灰ならば思い残しはなかったろう
終《つい》は灰のほかになることができなかった恋の成り行き
散りながら灰かぶっている灰かぶりの
灰のように這うように
這う
花吹雪

きょうは水溜りに
さくら吹く日
さくら
さくら
さくら吹く日

置きまどう霜

軽く
絶と置く
望
の駒は置きまどう白い霜だが
霜のように
静かに降る今日は降誕祭
薔薇の花びらが染まっている皿で

ひとつまみの白い東洋の米を喰べる
喰べている映画を見て
渋いコーヒーを飲み
画面から濡れて伝って落ちる雨

雨の中
絶がぼっと番傘をひらいて行く
雨あしに煙って行く
横切って行く
せめていまは
ちいさく自由に
自由に
それが望み
ずっと以前から
絵の中を
斜めに落ちるカモメのような
それが望み

浮き浮きと

しんたい髪膚《はっぷ》は父母にうくって
浮いている脂《あぶら》を
くらげなすただよえるくにの神の沼矛《ぬぼこ》に
ようやくしずくしている
秋の夜
ながい寝床を造って
まだ形にならない愛を
いいえ　形を蕩《とろ》けさせる愛を
腹のはしから
くいくいと巻きこむ

覚えていますか
巻き煎餅の餡巻きの
ながいあめんぼうの
なんとはないうしろめたさ
風の立つ町角で
その棒のような形をねぶる

甘い眠りを
蕩《とろ》けているのは心ばかりではない
結縁《けちえん》のむずかしさに飽いて
体も解けて流れて行く
もとは浮いた脂《あぶら》の
あの果ての水にただようまで

覚えていますか
なつかしい岸辺の水
しずくが落ちるような声で呼び醒まされて
めまぐるしい勢いで成り立ち上ったのを

わたしは成り上るゆめを見るだろう
ひろい海のゆめを見るだろう
そこから汲み上げた
あの力強い
男の矛のゆめを見るだろう
それならば
今夜のながい秋の寝床は
あきつくにを産む
神成るところ
ねえ　そうでしょう
浮き浮きと

春の海

関係は
三保の松原のように
松原に干してある網のように
くつくつと笑い
目で笑い
肘でつついて笑い
かつかつと笑う
浜の松原のようだけれど
春の海は
今日孵ったばかりの小魚がするりと脱けている銀の光

関係は干してある網のようだが
するっと戸を細めに
履き物は指に引っ掛けて脱けて行く
春
おハルしましょ
というそうな
禁裏では
するっと脱けて行く丸い腰が張って
すぐに春が始まってしまうそうな

私はと言えば誰かと一緒になりたいと思ったが
私は誰とも違う私一人
しゅるっと
それでときどき
しゅるっと鳴っている春の貝
それでときどき身をのり出している蛤の身のように招かれる

おお関係がこそばゆい

午後に

キャベツ畑には蝶が飛び交い
赤い屋根の家にはおばさんが住んでいる
ああ　日脚はどんなにかぼそい音をたてていたろう
細い飴が折れるような音
光の間を抜けて向こうに遊びに行くのを覚えた午後に

おばさんはテーブルで紅茶を呑み
精いっぱい体に西日を当てている
まだ虫のように入るにちがいない
入り込んでうっすらと余生を浮かべるにちがいない
舟をゆすっている
ゆうらゆうらと

わたしがさびしいのは
目が覚めると誰もいないせいだ
わたしの夢を移すことができない

わたしはいつも小川のそばを通っておばさんの家に行く
立木はそよいで日の光を播いている
誰かに伝えるのにはどうしたらいいのだろう
もれてしまうものを
掬って
誰かの頬に刷毛で紅《べに》を掃くようにするのには

火の記

ほの暗いところで営みましょ
例えば網の上でふくらむ
餅の息
あ　と思うまえで
つ　つ　つと片あし上げて
石蹴りをしている子供
あ
飛ぶ蝶

ほの暗いところは
甘い糸に
めを取られて
くちを取られて
手を取られて覚えた

そのかわり
めを盗んだ　神の
くちを噤ませた　永遠の
手は離した
誰も何を手に持つことができるだろう

どうぞ
焼いて
わたしを蹴って　石のように
火のように
飛ぶ

（『日の記』一九八六年富岡書房刊）

詩集〈畦の薺〉から

乱菊

ときに
括りましたか
解けないように
括りすぎて息が切れるほどです
麻糸の乱れる
乱菊です
はなから結ぶ気のない花弁が芯を突き出して
散っています

腰は括りましたか
誰か縄を投げる
縄はかぜを切って光っています陽気な昼
蜘蛛の子が散るというのかなんというのか
光が散っている

わたしが落ちている
安堵して下さい
母よ
わたしを産み落としたことをもう忘れているかも知れない
が。

光る鍋

鍋が光っている
洗い上げた皿が光っている
誰が洗ったのだろう

台所仕事がおわって
白いタオルでゆっくりと手を拭いている
戸をあけて外に出たのは洗濯物を取り入れるのだろう
稲妻が走っている

そんな

まいにちすこしずつ違うことなど
いつのまにか済んだことなど
捕まえることなんかできないわ

あしを組んで坐っていると　こおろぎが鳴いている
こっちへおいで　ころろころろ。

夕焼ける秋

兎が兎穴に掛かっている
強い赤い光が網を編んでいる野原の真中にあいている穴

どんなにうれしかろう
捕られるのが
広い野原の向うに沈む秋の光に浮いている兎穴から暮れ
　て行く闇

わたしも夕焼けの道でつまさきちょっと躓く

どんなにうれしかろう
路地の奥へ
　ふっと捕られるのは。

弁当

どうしてさびしいことがあろう
弁当を開くと山吹き色
青紫蘇の茎
魚の腹子
粒が揃っています
ゆうべは満月でした
兎は餅を搗いていた
団子にも箸をのばします
とどかないけれどとどく振りをする
すると山のもみじも散る振りのビニールのあしらいが
弁当にも散っています

冬になりました
どうしてさびしいことがあろう
虫や鳥が草やおまけに空まであって
夜になれば月が登る

行くのがさびしいと言った兵士はいない
戸をうしろ手で閉めて
風呂敷包みに弁当を入れて行きました

梢にこぶしのはな
梅の蕾
猫の目
光っている春の庭
どうしてさびしいことがあろう　弁当を膝のうえに広げ
　ているのに。

あじさいのはな

ことばは襤褸のような水浸し
照る日曇る日
日の射す日
醤油色に煮しめたようなわたしの着物
わたしの雫
あじさいのはな
重なる色騒ぐ色
ふるえる色光る色垣根のはな
足を洗って口を漱いでいる瀬戸に
石斑魚《うぐい》が一匹
蝦蟇が鳴く
肩に露
照る日曇る日
肩で鳴く腹で
夜は二時まで夜明け三時まで
鳴く声音色
色が浮く雨期のあじさい

うれしくて仕様がない色が
色が色色流れて行く
そのあとは
照る日曇る日
肩にしるし
すこしのしるし
あじさいというちいさい呼び名　居残りの
六月の雨
六月のはな。

畦の薺《なづな》

わたしのお母さんは乞食です
ひとあし歩くと田の畦で
畦の薺《なづな》が裾よけで
ふたあし踏むと蚯蚓のあかいろ　気を巻いてうずうずと
　柱が立ちます
春は光

夏は虫
秋は風が吹くのです
畦がひとすじ
端から月がのぼってきます
畦のうえを通ります

昼は溜《とぼ》りに水が湧きます
夜は膝を濡らします
しみじみと濡れているお母さんは乞食です
水の底はのぞいてみても
みとどけられない水の底です
おしまいまでうたい切れないうたをひとふし　いい声で
　うたいます

乞食の性根は手許ひとすじ
なんの計らいも立ちません
お椀を出します
お母さん
それは虫に

これは草に
これはじぶん
それはおまえに。

庭の花

昔、おだやかな明け暮れの里に娘がおりました。娘はどこからきたともしれない男の、子を孕みました。そのときは裏の川に水が増え、芭蕉の葉が折れていました。娘は、腰の紐を緩めて、せめて、どこからきたともしれない男の身の上を匿いました。男も片足ほどは、と思いましたのでしょう。男の心と女の心が螢火ほど光って娘が生まれました。

生れた娘は、水の流れる川を流れて岸に這いあがりました。拾うひとがいたのです。拾ったひとは川岸で白い大根を洗っておりました。さて、やあれと、立ち上ったひとの前垂れに娘は包まれました。

濡れた紺の前垂れを家の前庭に干します。娘をその前垂れにのせて、よういやな、と紐を引きます。娘は前垂れの上で育ちました。やがて、美しく育った娘を見初める男ができます。長細い、紺の前垂れは切ない逢う瀬を包みます。娘の涙もかくします。寒い風もふせぎます。

娘は赤児を孕みます。

ひとり、前垂れから押し出し、ひとり、前垂れから見えなくなり、またひとり生んで柔草が生え、なづなが咲き、やがて前垂れもほつれてきます。

お母さん。

娘はときどき声を聞きます。お母さん、と呼んでいる子供らの声を聞きます。賑やかな。もう前垂れはとうにほつれてなくなってしまっているのに、まわりに子らが纏わりついているような、声を聞きます。

それからなんねんも、なんじゅうねんもなんびゃくねんも経ちました。

誰も、なぁんにも覚えていません。でも、娘が男と納戸にしのんだあのときの日射しがあしもとに射しています。娘が子と泣き別れたあのときの、庭の花も咲いています。

ほおずき

消さないで
ほおずきみたいな赤い火
やわらかな細い脈が浮いている

でも消して
すこし
いつもすこしと頼んだ
すこしの飯《めし》
すこしの脂
雫ほどの毛物《けもの》
天地の間に吹きぬける蜜を
わたしにもすこし
そう言って頼んだけれど
こんなに
こうしてぎりぎりとわたしを締めつけるほど
太くなっている恋の縄

消さないで
でもすこし
わたしがひとりで押えることができるほど
赤いほおずきほどの
それくらいにしてほしい。

（『畦の薺』一九八九年冨岡書房刊）

詩集〈風が吹いて〉から

赤い傘

赤い傘はよくみると花だった
もっとよくみるとまんなかに柄《え》があって
あのひととわたしはその柄《え》にかくれて坐った
そんな舟のような時が
ゆれている

水を掻くと寄ってくる
時はゆうらりとゆれて
鏡のようにぎらあっと光って寄ってくる
昔のこともそばにくると
今と同じね

それでわたしは時のような舟に乗って
あのひとのそばも
あかい傘のそばも通り抜けて
昔を通り抜けて
ほら　こんなに豆粒みたいになって帰ってくる
一寸法師みたいになって帰ってくる
記憶とは豆粒になるということなのよ

安心してね
遠いものはちいさいだけです
近づくと大きくなる
大きくなって
柄《え》にもたれて坐っているあのひととわたしをかくします。

思い出

日が西に沈むときは三秒、五秒
十秒くらい止まっている

さっくりと空に半身入れている西日をみていると

わたしはきのうのことのように思い出す
喰べること
着ることを思い出す
すべて思い出す
忘れたことを思い出す
おたまじゃくしに手が生えて
足が生えて出たのを
思い出す
足が跳ねて土の上に飛び乗ったのを思い出す
それから藁の上に寝て
雷が鳴っていたのも思い出す
雨が思い出を流してしまったのも
流れてみつからなかったことも思い出す

思い出させようとして十秒か五秒
西に日が止まっている。

風が吹いて

風は吹いているのかもしれない
飴ん棒に透明な飴が巻きついているように
どこか知らない国で
わたしもなめたことがあったのだろうか
誰かに巻きついた甘い飴を

風が吹いて
わたしはわたしに巻きつく甘味にうなだれる

ぶうらんと垂れている蠅取紙のちいさな虫よ
わたしが抱き取ったものと言ったら

こんなに可愛いものだったろう
甘い飴
風がわたしを抱くように抱いたものよ

ねえ　センチメンタルの罪

いのち
いざ生きめやも　なんて言うひともいたので。

（『風が吹いて』一九九〇年花神社刊）

詩集〈菜庭〉から

浮いてはる

うちの猫のおみィ
独りで
ちいさい体をかがめて
寝ている

おお　お
ちっこいのに
おまえも独りで生きてはるのんか

ほほほ　と
わたしは笑う
夜かぜに
おみィの背中の毛が
ほつれ毛みたいに

そよいでいる

お月さんのようやないのン
あんなにひろい空に
雲の髭つけて
たったひとつ
浮いてはる
お月さんみたいやないの

軽うなって

ああ　あ
ひとりで生きるのんは　おもたい

ふたりなら　軽い
ものを言えばことばが絡む
手を出したなら足にも触わる

あんた
おまえと呼び合って
はぁっと溜息なんかついて
白い霧に浮いて

浮いた
浮いたと暮らすのんは　軽い

ひとり寝の寝床では
はよう　軽うおなりや
ひとりで
軽うなってお見ィ　と自分を慰める

めまい

めがねを掛けて
猫をみますと
えっ

おまえ　おおきいなァ
いつのまにそんなおっきいならはったん　と思います

そして老眼鏡で見たのがほんとうかしら　掛けずに見て
　いるのが
ほんまかしらん　と思う
新鮮な朝です

見ぬもの清しというけれど
見たものも清いとくっきり言ってみますと
たちまち
目にはいろ　いろいろ
どっとぞめき
見て　見てよとわたしを包むのです

ああ　わたしには
見るとは包むということか　と目をつぶりますと
こころのなかに
動くのはゆめです

それなら起きていても寝ていてもおんなじことやないの
　ん　と
思う
めまいの朝です

落ち鮎

まァ　落ち鮎《あい》*の
よう　アブラのって
おいしおますなあ
香ばしく焼けた鮎を酢でなだめながら
目が細くなって行く
猫たち

こんなおいしいもん　よばれたら
火ィ付くみたいね

子持ち鮎は産めばひと腹　二万匹

きしきしと骨きしませながら川下りする孕み鮎の
ジュンジュン焦げるアブラを
舐めたい
猫たち

ちょぴっと出してお見ィ
ああら　赤い
赤い舌

こんな色やったねえ　恋も
チチッと赤い
腹もアブラで湿っていてなあ　と
恋の季節　とうに過ぎた牡猫たちが

うちらも焼いたら
こんな香ばしい匂い　しますやろか
おほほ　ほ　と
さざめいている
障子の外は
もう　うすら寒《さむ》

＊鮎（あい）――あゆの段訛。

大根の花

ありふれた
大根の花が咲いています
ときどき風にゆれています
ものを言わずに
黙って

黙ってもの言わないものが
なにか言うとき
いいえ
なにか囁いているように思うのは
こんな夕暮れです

キュッキュッキュッと磨砂《みがきずな》で鍋を洗っているときです
シュッシュッシュッと白い煙あげて汽車が出て行く
こんな夕暮れに
わたし　それに乗って
帽子は脱いで
シュッシュッシュッと暮しています

ありふれた話と違います
ゆめまぼろしを暮すのは

違うねん

あんたとは違うねん　と
言いたいのやね

フェンスから庇へ跳び上る
猫は猫
猫は人とは違うねん　と言いたいのやナ

わたしがやさしい目をして
猫撫で声で
愛してるのんよ　と言ってやっても
どうして猫に人語が分かるでしょう

ひとりはひとり
一匹は
一匹やな　と
わたしは言います
猫の髭もわたしの胸も
こんなにおなじ夕焼けいろに染まっていてもナ
いっしょとは違いますねん　と
わたしも言います

（『菜庭』一九九四年花神社刊）

詩集〈草のような文字〉から

草のような文字

逢いたいと言ってしまうと堰の切れたようになるので、ちらちらと気を散らせているぶん疲れています。

これは夢の中のようなことで。夢に奪われているようなことではどうするの、と言って足を地上にも繋がるようにしなければ、と思うのです。

離れているのでそう思うのね。そばに行きたくてむねの辺りからとんで行くような気持になり、そのうえ、あれやこれや思い出すと、そこだけがふっくらしてみえるので浮いている心地ですとおんなが言って遣りますとおとこから返事がきます。

夢と言えば忘れていたけれどあれは数日前でしたか、あなたの夢を見た。なぜなのか理由は分からないけれど悲しくて、わたしはあなたの肩を両手で摑んで泣いていた。

あなたの顔はよく分からないけれど、やはりうつむき加減に涙を溜めているようすです。わたしはときどき、夢の中で激しく泣き、目がさめるとほんとうに涙を流しているという経験をするのですが、そのときの夢もそうでした。どうしてあんなに悲しかったのだろうと、いまでも思います。

玉の緒よ絶えなば絶えね。こいには一気に崩れ落ちてしまいたいような思いがいつもつきまとうけれど、こらえなければならないときはこらえることも要るのでしょう。

おんなが返します。

二、三日まえからなにかひとつに束ねて布を打つような、滝に打たれているようなこいしい思いがつのって、夜も目がさめてこいしゅうございます。

来客の帰りがけに電話を貰い、とても嬉しかった。客を送って散歩がてら、よい天気の下を歩きながら初めて出会った日を思っていました。うしろを振り返るようなことはあなたは嫌いかもしれないが、先のことがよく分からないときはうしろに連なっているきれいな楽しい時間はなんと言っても宝石ですから、ときどき取り出して眺めます。

秋篠寺にはさざんかが散らばっていたな、と思い出します。

それから幾度も会ったのちでも、あなたの顔をよく見なかった気がして。

なぜでしょう。たぶん、なにをしても初めてするように新しくて、だから初めてあなたを見つめたような気になるのかもしれない。

おんなが言います。

なにもかも新しくて、と言って下さいましたが、ほんとにそうね。

はじめてのことばかり。たかあし踏むようにしてひらいて行くので、どんなになって行くのでしょうと思います。いまはあなたがわたしの中にいて下さるので、じぶんの手を握るとあなたに触っているようです。

うれしくて足りています。こぼれてしまうのは惜しいけれどあなたとこうして日が過ぎて行くのですから。

昨夜寝るのが早かったから、今朝の目覚めが早く、まだ薄暗いのに電気スタンドをともし、雨の音をききながら、こうして手紙を書こうとすると、何やら遠い旅先きにでもいるようなさびしさです。そんな感傷といっしょに、きみをいとしいと思う想いが、それこそ「押し寄せてくる」という感じで、それに耐えています。

どうしてこんなに好きになってしまったのだろうと考えてみても栓ないことを折り折りふと考えては、ただふしぎな思いになるばかりです。

窓の外の木に小鳥がきて、小鳥より少し大きい（鳩よりもちょっと大きい）鳥がきて、よくキョトンとした目つきで首をかしげたりしていますが「どうしてこんなに……」と思ったりするときのぼくも、たぶんあんなふうにキョトンとした顔をしているのかも知れない。

自分では気づかないうちに、そうだったと分かった途端に、駆け寄るようにきみを好きになってしまった。

勝手な言いぐさのようだけれど、きみがそこにじっと坐って、長いことぼくを待っていてくれたような気さえします。

日があけるとまた風が吹いて

きょうは午後から風が強くなりましたのに、夜は姉妹で会食しましょうということになって出掛けました。沢山、お喋りして口が疲れてしまった。食べ過ぎて、そんなときおんな達はほんとに行儀がわるくて、でも上機嫌です。暮れてから、ふと目が据わるように恋しゅうございました。

出掛けていて帰るときは、あなたのおいでになる所へ帰る、という気持になって、うれしいような。ほんとうにそうだとどんなにうれしいでしょう。

と、おんなの便りがおとこのもとに届きます。

きみからの電話のあと、私も散歩に出た。昨夜の雨に濡れて、よその家々の椿や萩のあざやかなのを見たり、雀のとみに甘やかなさえずりを聞いたりしてぶらぶら歩いていると、その間にさえ、きみは私の胸の中から離れない。

しっとりとして暖かい光です。もし、きみと一緒にいたら、「朝の食事なんか、あとでいいから」と、朝が過ぎ去らないうちに並んで散歩に出るかも知れない。きっとそうするだろうと思う。私よりきみのほうが草や木の名をよけい知っているだろう。それを聞くというよろこびもあるだろう——そんなことをとりとめなく思いながら歩いていますと、「暖かい感傷」といった気分になる。思いながらしかし、朝、同じ家の中で目をさますというようなことが、とても出来ることなんかではないのだと激しく首を振るような思いで、思われる。仮りにもそんなことを思ってはいけないのだと自分に言い聞かせようとする。それと同じくらいの強さで、きみを欲しいと思う。

きみをそばに引き寄せて、いつまでも話をしていたい。どんな小さなことでもいい。箸でつまみ上げるような小さなこともいい

と、

とうとう草が長けて穂綿が散ってしまっても、草のような文字がいつともなくつづいています。

うべないながら境目にうっすらとひとすじ、草のように横たわる文字でした。

うべないながらへだたっているふたりのあいだに吹かれている、ほそい草のような文字でした。

藤の宿

くたびれて宿借るころや藤の花　芭蕉

をとこがなんだか　かだか言っている
わたしは聞いている
聞いている耳が声につられてだんだん大きくなる
引っぱられて　伸びる

これでもか
まだこうかと

くたびれたをとこ宿借りるころ
藤の花房垂れる

これでもか　まだこうかと藤の花房が垂れる
光を溜めている房　房から落ちる光
これでもか
それでもわたしはをとこに肩を摑まれてなら　と思っている。

秋が

台所で
鍋が湯気を噴いている
鍋はたぎっている
シュウシュウと鳴っている湯気を聞きながら
聞いて
耳が
思い出している

わたしは白い湯気に包まれていた
湯気がわたしを洗っていた
あの日は
カーン　と
晴れた日で
湯殿には
コーン　と
秋が
落ちていた

そしてわたしは
きれいになった体を
どうしようとしていたのだろう。

とんぼ

好きよと書いて
封をして
てがみにするとてがみはわたしの身替りになり
いまごろは
静岡かしら
はるばると
もみじの山を越えて行く

夜になると霜がふる
いちばん逢いたくなるそのときは
七色の魔除けの紐でからだじゅう　ぐるぐる巻いて寝て
　いましょう

そらがあかねに染まるころ
わたしのてがみが発って行く

おお　とんぼ
あきつあかねというような
よい名貰って
まちがえないで行けるかしら

わたしのひたいに当るほど
低くとんぼが飛んでいる
ねえ　あなた
そのうちに届きます
いまごろは箱根の山をこえている。

甘い冬

たくさんの
どんなにたくさんの言葉
たくさんのこころ
ほろほろ
炊いて

煮くずれた大根のように甘くなったわたし
白い息吐いて
坂道を駆け上って

電車にとび乗って

え
おまえもそうだったのかい
枝に
咲いて
ぼろっと花びら落して
また　咲いているのかえ

ほろほろと
天の蜜炊いている
さざんかの
甘い冬

履歴

生まれてまもなくわたしは子に行きました
子に行くというのはこの辺りの言葉でしょうか

子が行くというのなら文法にありますが
子に行くというのは子になりに行くという意味です
いますこしいうとよその子になりに行くのです

汗ばむような日でした
裏庭の井戸のそばに柳がしおれていました
おかあさんはそのときこころに決めました
それでわたしはそのとき土の上に落ちました
白く土が乾いていました

わたしはそのときのことをときどき思い出します
うっすらとおかあさんの匂いがしました
わたしはおかあさんとおなじ
たまゆらの匂いを嗅いで別れたような気がします

その日を思い出しますと
おかあさんからすべり落ちたわたしが
レンズの焦点が合うように
またおかあさんに戻るような気がします

レンズは柳の木の下までくるとゆっくりとしずかに止まるのでした

わたしが子に行ったのは九月のはじめだそうですが
おかあさんがこころに決めたのは五月の末か
六月のはじめだったような気がします
思い違いかもしれません

洗濯

洗濯は洗う　洗う
そんなに洗ったら破けてしまうよと母さんはいうけれど

うすくなったシャツから透ける
うすい袖に這いのぼる
羽根のうすさが
わたしにちょうど似合っていて

石の上に腰を下して
洗濯物が乾くのをじっと待つ間の
このうれしさ

水に浮いた島国の
水から生まれたゆめをみて
うすくうすく乾いてゆく
わたしのうれしさ

ひとも　けものも母さんも
舌で舐め　てのひらで舐め
灰が吹くほどたんねんに
はなびらほどもうすあかくわたしを舐めてくれたのに

洗いたい
寝ても覚めても
わたしを叩く洗濯棒のなつかしい水辺の音が聞こえていて。

われもこう

むかし。

われもこう、とおとこが呼びますと、はいと答えるおんながいました。

おとこはおんなを呼びます。おんなは答えてお声をききましたらこいしくて、こいしくてしかたないきもちと、ゆっくりと水のゆたかになるようにみちてくるきもちの両方になります。ゆうべはあなたを思う思いにからみつくようにして眠り、早く目が覚めてながいよるでした。

わたしはいま、どうなっているのだろうと目をこらしてかんがえてみましたらあしや胴はよくみえているのですけれど、肩やかいなや首や顔はみえないの。あなたのそばにゆきたくて、ゆきたいと思う思いが溶けているのですと草のような文字のてがみを書きます。

すると、
深夜に電話した、そのことはわるうございました。謝ります。以前、ひとが深夜に電話していやだとおっしゃっておいででしたが、それを思い出して、自分も同じことをしいるのじゃないかと反省しましたと返事が返ってくるのでした。

ああ返事。

すこしぐらいの行き違いがあっても、返事が返ってくるのは露でした。

おとことおんなは露に濡れる草むらでした。

月の光が草むらを押し倒し、倒れているのではなかったらどうしておとこはおんなを呼ぶことができたでしょう。

われもこうよ、などと。


日は流れ。

やがて呼ばれたものは立ち上り、立ち上るものは順にあるいてゆくのでした。

呼ばれたときにひらいた戸の、呼んだときに破れた垣のかすかな帰趨が流れていました。

おとこは立ってゆきました。

おんなはあるいてゆきました。


夏の野で、あれ、われもこうよとわれもこうを摘みますと花首に涙が溜っています。そのなかにむかし。

おとことおんなが住んでいました。

＊われもこう——吾木香。バラ科の多年草、いたるところの山野に野生する。

とおりゃんせ

空いているから充ちるのよと　おとこにいうが
空いたところのないおとこには
充ちるということがわからない
留守かい　と聞く
いつ帰るのと聞く
帰りみちは暗くてながいが

角までくると
柳が裾を洗っている
月があしを洗っている

とおりゃんせ
おとこは通って行きやんせ
月の光が張っている水の溜りを踏むときはいなせに裾を
　はしょって
おや　迷ったかなと行きやんせ

空いたところのないおとこには
一夜で孕むおんなのはらがわからない
そこから十年
柳絮《わた》が散る
そこから
万年
ふかぁく空に　空いているのがわからない。

（『草のような文字』一九九八年深夜叢書社刊）

詩集〈菜の花畑の黄色の底で〉から

はな

わたしの父はわたしが十一のときに死にました。昭和二十二年の春のことです。
沈丁花のはなが咲き出して、家の中まで赤むらさきの花芯の匂いが、敷居をまたぐとふと、うしろをふりむきたくなるように匂っていました。
窓という窓を黒いカーテンでおおった暗い部屋で父は寝ていました。暗くしたのは脳症を引きおこさないための要心からだったそうですが。でも父はすでに症状がすすんでいました。

お蒲団の上に手を出して父は手踊りをしていました。
あんたも踊ってるか？
コンコンコンチキ　チッコンコン。
痩せた手でヒラ　ヒラ。

きょうは祭やでェ。

ダンジリや。

さア、みんなで曳きや。と父は言い。

お父さんは熱でうなされておいでになりますのや、と付き添いの看護婦がわたしに言いました。

母は人目につかないところで盥の中の汚れ物を毎日、洗っていました。大人達は縁のひとも店《たな》の者もさわさわ、さわさわと歩き、聞きとれない声で話していました。誰もがみな、息をつめてなにかを待っているような、そんな気配でした。


父は四月十日の明け方に死にました。

しだいに白みはじめ。

朝になって窓をおおっていた黒い布が全部取りのけられると光が病み疲れた父の顔をあらわにしました。

そして父は闇から晴れへと移っていったのです。あのようにみんながひっそりとひとつの火を守るように守っていたうす闇からいまはもう放たれて、死んだ父は光の中でただ人達のなすがままというふうでした。


思えば死ぬことは晴れることでした。

生きている間は羞恥にみちて守り、人にも守られていたいのちの闇が晴れるとき。晴れを見送る者のかなしみは泣いても泣いても追いつくようなことではありません。

野辺送りは春なのに寒い日でした。晴れていましたが風の強い日でした。さくらが散っていました。

父は白い灰になって白い骨になって、とうとうなんにも喋らなくなりました。

お父さん　と、話かけても返事が返りません。はなのようです。


いいえ、わたしは聞こえない声を聞くのがいまはすっかり好きになっていて。返らなくてもいいのです。

四月になって、ことしもまたさくらが咲けば晴れていったひとが。

あんなに枝を広げてあのようにああ、白く咲くのですから。

あじさい

山があるので
山に従う
河があるので
河に従うというふうに
田が続いている

横に這い
立って行き
人に逢い
あいさつをしてというふうに
あじさいが咲いている

さびしいね
結ぶのは
脱け殻みたいで

では
また
切符を買って
喪失に耐える旅にしよう

近付いたときは短かく
離れたときは長く
くっきりと
影を落とす旅にしよう

山のようになりたかった
河のようになりたかったのだ
山を越えるのかもしれない
河を越えるのかもしれない

あじさいが咲いているかもしれない。

おかあさんの春

出掛けるよ　というと
マフラーはあわてて首に巻きつき
ハンドバックは埃をバタバタ払ってついてくる

灯の下で足袋を刺していた
おかあさんが
もう　春だねと言った

逢うはずはないけれど逢うのである
風景がそこで待っている

帰ると
急いで足を洗った
水が撥ねて黒い土が流れた
あの日
おかあさんは
どうしてわたしにびろうどの三色すみれを
買って下さったのだろう。

撫子

日が射していた
日は庭に影を落していた

そのときわたしは　別れかもしれないと思っていた
探してもそこにいない
探されるものに　わたしはなるのかもしれないと思って
いた

むねが痛んだ
わたしのむねではない
わたしを探すむねの痛みが
そのむねで　わたしは光と影に吹かれている撫子のよう
であった
わたしはときどき泣かせるのだろう

揺れて
そのむねを

在れば形姿は無いのである　無くても在ればよいと思う
盲いている土の上に
日が射していた
わずかな剝離が落ちていた。

椿の木の下で

ぼく達の思い出になるようなものは　みんな捨てようと
　あのひとが言った
椿の木の下で
いやよ　とわたしは言った
時はひそやかにしのび込むというが　わたし達のあいだ
　にも時はしのび
ふたりはやがて布に吸い取られた衣魚《しみ》のようであった

そして　それが長ぁくなると
燃やしてしまおうとあのひとが言ったのだ
時になんぞ　と思う心意気だったのかもしれない
いつでも新しいのだよ　ぼく達はとあのひとは言ったの
　かもしれない

それでもわたしは
思い出を
日めくりのようにめくるほうがよかった
襤褸を透かして
虫喰いの穴からもれる日のうつくしさに　じいっと焦げ
　ているほうがずうっとよかった。

桃

おとこがきわにちがうおんなの名前を呼ぶことが
あるそうな

桃源郷は桃が咲き
雲が湧き
前後左右も分からなくなるそうな

雲の中をかき泳ぎ
手足もつれて落ちてくることがあるそうな

おんなの名前は山ほどあるので
どんな名でも
はあいと答えるおんながいるそうな

こんや
誰かがわたしの名前を間違えて呼んでいるそうな

名前なんかに
こだわらなくてもいいそうよ　桃源郷

そこから落ちて
ひと針ひと針破れた穴を繕った
なつかしい物語

抜けそうよ
桃源郷ははらはらと桃が咲いているそうな。

名画

寅さん*を観たわね
あれは名画だから
なんども　なんどもアンコールがあって

アンコールを観ていると
いつも暗い座席

髪に梅の花の簪《かんざし》をさして
ふたりで観た
お正月に戻るわ

ストーリィはいっしょだし
科白はいっしょだし
わたしが思い出すあんたの顔も
いつも　おんなじ

相変りませずとまいとし挨拶していた報いかしら

お尻が暖ったまってくる
すこしおなかも空いてくる
のども

ああ　渇くわ

ショールを巻いて外に出ると
それから行くところがない

惚れとるバイ
と
寅さんが言っている

では。

＊映画　寅さんシリーズ「男はつらいよ」

うぐいす

あのおとこはほんとにいいおとこだった
うぐいすのようだった
枝のすきまから嘴だけをのぞかせて虫を啄んでいた

姿を見せなかった
いいえ　わたしが見なかった
いまでも

箸のあげおろしや
駅の柱のかげでわたしを待っている姿を覚えているけれど
ええ
半分
日が射していたけれど半分は影だった
ひかりが
ネクタイのように縦に射しておとこの胸をかくしていた

だから
いまでも
はなが咲くと枝の影から出てくるような気がする
むかしは半分
かくれていたのに
いまは半身出てきて
いまにも
わたしの肩を摑まえてくれるような気がする

やさしいおとこだった

わたしは半分のように抱かれていた
ふたりでひとつのように抱きあっていた
かげろうのようだったろう
ぼうっと燃えて
誰が触っても熱くないのに
誰も触ることができない熱を燃えていた。

れんげのはな

あんたとわたしが
あのとき
湯のように湧いたのは

格別
あんたとわたしという固有のせいではなくて
ふたりが生きものだったということなのだと

いまになって思うのよ

あれから　もう指折り数えるのに指が間に合わないくらい
月日が経ったけれど
あんたを思うとわたしはいまもはるみたい
ゆっくりと　虫の這い出る黒い土みたい

あんたとわたしが生れるまえにも咲いていた
田圃のはなが
あんたの目にも
わたしの耳にも残っていて

出会った途端　湯のように湧いた
あの日は
れんげのはなが
見渡すかぎり
咲いていたわねえ。

大地

アフリカはバラを栽培する
羊はどこかのおかみさんのようにときどき小さい声で立ち話をし
水溜りはいつまでも空を向いている

ようやく立ち上ろうとするものよ
大地の底に眠る水がわたしの眠ろうとする怠惰を呼びさまし
母よ

大地の悲しみは柵
境界のない大地にヒトが暮す悲しみ
結界はヒトのはじまり

サバンナ遠く平らかに雨を受けている無為の
この平《ひら》たさ

ああ遠い昔
私も巻いていたローズのスカーフで頭を包んだマサイの
　女が貨車の線路を跳び越えて
行く
アフリカの山はハゲ山に木が三本　いえ　三十本
柵がなくてもどこへも行けない羊に馬に牛が
道のへりでゆっくり遊んでいる
みてちょうだい　この灰色のたてがみの長さ
山は
伊吹
六甲山脈
いいえ　ヒルまたヒル
ヒルにはまだ名前がない
マサイの部落は
洗濯物も干してある
男ははだしで鎗を持ち
女は木蔭で乳呑児を抱き
影は土に浸みている

おおサバンナ
草がめくれると赤い肌
大地はすでに燃えている
マサイは鎗を持って生きている
トウキビがおだやかな菜畑を囲んでいる

文明は安堵し
文化はへりを遊ぶ
わずかな風除け
黒いあし大地を歩き
削いで細く
草に似る
ヒトは似る
ガゼルは跳ぶ
土は赤く熔けている。

——東アフリカの紀行のうち——

アフリカ

わかったわ
嚙むのでしょ
ふたつに折れて
腰

嚙んで銜えて行く豹のように
倒すのでしょ
大地にはジャカランタの花ゆめのように散って
五色の色が散り敷いて　まみれるのでしょ

泥に
まみれて汗のような水は
草の根のさきを　音たてて流れ
浮くの？
あなたは

わたしは交《ま》ざる

いずれ
酒を飲み
食を嚙み
いずれ土のなかにくいくいと
種を植える花のとき

来い　と
呼んでいるのでしょ
朽ちるよろこびへ　来いと
流れる目で

来て
嚙めと
わが腰を嚙めと
さそっているのでしょ
アフリカ。

菜の花畑の黄色の底で

ひとがひとりでいるさびしさは
ぶうんと唸っていますでしょ
菜の花のいちめん黄色の畑の底で蜜を集めていた虻と
さびしい花が
出会うとき
腕がふるえていますでしょ
腕が呼んでいますでしょ
さびしい腕には
蜜がいっぱい
客が帰ると虫喰いの舟板みたいな穴があき
郵便ポストみたいでしょ
しずかにくちをあけている
遠い音が届きます
ひとがひとりでいるさびしさは
あれは
蜜です
虻を呼ぶ。

（『菜の花畑の黄色の底で』二〇〇二年深夜叢書社刊）

詩集〈さるすべり〉から

金雀枝

電話を待っています
でも
電話のベルがわたしのまえを通り過ぎて行きます

雨が止んで
電線から雫がぴたり　ぴたりと落ちている
射しはじめたひかりが水溜りを洗っている
芽吹くほかないね　と言いながらなんだか堕落したよう
　な気持になる春の

電話を待っています
わたしのまえを電話のベルが通り過ぎて行く
あらァ　行き過ぎたと
ベルが隣から返ってきますと
頭に花粉を着けた虻のようで
ああ　エニシダが咲いていたのです
エニシダは金雀枝と書くのだったナ
隣は春なのよ　と
言ってやればよかった
わたしのまえを通り過ぎるときに
雀のような頭を撫でて。

牡丹《ぼうたん》

もっと忘れなければ　と思うときがある
忘れないために鋲を打ち
繫ぎ
岸を離れる船のテープは
七本八本九十本と数を数えた
に
違いない

牡丹散て打ち重なりぬ二三片*

というふうな
手風琴のようなあかい鞴《ふいご》が火を噴くような坩堝が
ふたつみつになるというのは
どんなことだろうね

ねずみ
隅に寄って
おびえているおまえの目のようなことだろうか

ふたつみつが火から離れて
わたしの目もようやく慣れてきて
打ち重なる二　三片

見つけるときは
牡丹は
もう

牡丹を忘れているに違いない

あら　どなたでしたか？

繫ぎ止める鋲を押した　無数の花弁をいっしんに緑色の
　蕚に繫いだ
ことを
忘れているに違いない

それから
船に向かって投げたテープが
舞い

牡丹は
ひとり牡丹になるのだ。

*与謝蕪村

言《こと》の葉《は》で餅包み

言の葉で
餅包み
木の枝に腰掛けて　食べていた

弾んでいる尻をふぁぁとスカアトで包み
木の枝に腰掛けていると
あら
アネモネ
茎は青く
茎を伝って地べたに降り
茎を伝って木の枝に登り

また　日は登る
なんて
ほんとかしら
ちょっと乾いてきた
言の葉で

餅包み

嚙っていると
あら
虻もきて
聞きつけて青虫もきてあまァい匂いがしている
木の枝に腰掛けて
餅を食べていた
思い出

葉っぱで体を包んでいるみの虫
が
蝶になるなんてほんとだろうか
わたしがひとの魂《たま》　預かっているというのは
ほんとだろうか
包みつつ預かっている

らっぱの音がぽうっと聞こえる
夕日暮れ

勾玉がひかりを抱いているように
わたしがひとの魂預かっているというのはほんとだろう
か。

ふじのはなぶさ

六十五歳の老人が　と新聞に出ていたので
あら　わたしは老人だと気がついた
ときどき
油差したり磨いたりして面倒みているけれどやっぱり機
関は老いるのだ

わたしがうっかりしていたのは　ときどき老人以前の夢
をベッドでみるせいだろう
夢みつつ老いるのだナ
ゴホン
ゴホン

なにとも関わりなく生れてきて
なにとも関わりなく生きているものに
とう　とう追いつけない

ふじのはなぶさがゆれている
うすむらさきに咲いている。

露の玉

露とこたへて*

さびしいな　とおとこは言った
死んだので
もう　さびしいナと夜　電話がかかってくることはない
さびしいね　とわたしは言わなかったが
言えばよかった　せっかく言葉がきらきらしていたのに
葉のさきに光っている露のように　言葉が

転ぶ
とは
知らなかった
ころころと転ぶ言葉にのって　どこかへ行くのだったの
に

呑みこむものかと思っていた
呑みこんでいたので
わたしののどはうるおっていたけれど。

＊白玉かなにかとひとの問ひし時露とこたへて消なましものを
（伊勢物語・芥河の段）

ふじの雨

なにが
わたしをなぐさめるか

ふじは
ふじ棚の上で
肘ついて
ねそべっている

十字路の角には
ところてん
あんみつ　と書いた旗が立っている

ふじは
目をつぶっている

わたしのなぐさめは
わずかに交差すれば
交差さえすればよい

ねそべっているふじに雨がきて　ふじのまぶたを濡らす
なら

どんなにいいか
と
思っている

てん　てんてんとおむすびがころんで
てんてんと穴の中にころんでいったおむすびころりんの
　お話では
だれが
なぐさめられたのだったか

さびしい日。

（『さるすべり』二〇〇五年深夜叢書社刊）

〈句まじり詩集　花〉から

あれ

いのちが
なにものとも関わりなく生れてきたことを思えば

いのちとは
なにものとも関わりなく生きているもののことである

もちろん
わたしの老いなどとはなんの関係もない

いのちは
つやつや
スタコラ　サッサ

なにか

いるナ　とは思っていたが
老人になると
彼が疾っている
のが
見える

肩張って
駆けているのが

は　は　は

は

あれは　なあに？

田舎道

ココロがものを食べている

タヌキでもないし
サルでもないし
猫　なんかではないが手肢四本で
ココロはカスミを食べるのか
ホタルや羽虫や青虫
まで
食べているすそは水に漬かり青青と水草が流れているの
で
はなれて見ていると　たなびいている
羽衣

食べ終ったココロはナプキンで
口を拭きながら
きょうのホタルはおいしかった
ほんとにね

などと
丸丸太った腹の毛並みもわるくない

どうしてココロなんかはるばる運んできてしまったのだろうと
私は思うが
いや　田舎道でな
思わず落っことしたんだとカミサマがおっしゃっている
それでだナ
私が
いつも
過去未来
砂埃のなかで
きょときょとしていたのは。

五七五《ごひちご》
じぶんだけ正しく生きるなんざ　カンタンなのだ
ワルイことさえしなければいいんだから

傘のそとで濡れている

あら　若葉
もし　誰かといっしょに正しく生きようとしたら
まず
傘をゆずってしまうだろう　ね

あら　枯葉
雨に濡れながら歩いていると世界は涯がないような気がする

まちがってはじめて無限となりにけり
五七五
と
いうと
数の魔がズイッと太い腕をさし出してわたしを抱き寄せる

も
ちょっとお寄り

濡れるよ。

はなも小枝を

ながい間
死は禁忌であったので　てのひらでやさしく伏せられて
いた
指を
じっとみていると　それは
犬が鳴く夜もあったし
月光が
おお
月光のふちから這い上がってくることもあった
虫籠が
伏せてあるような
夜
も
あったのだ

虫出せ
角《つの》出せ
と
誰がどう騒いでも　天はシン―と　したものだ

生が
止まっていた　血が
ひろがっていた
暖かい
土

てのひらの中には時間というもの
がいて
美しい
とは
そういうことなのだ　海の中の
島は
ひたと海に伏せている
死は

ながい間
禁忌だったので
はなのように咲いても
彼は
根の国にいた

指の間がもぞもぞしてこそばゆい
こそばゆしのばしたあしを摺る蝶々

てふてふと
蝶海峡を
越えてゆく

暖流や
はなも小枝を
ひろげつつ。

まっしろ

すっぱだか
火屋《ひや》の寝台の上で
まっすぐに寝て
まっしろな骨はそのままで
頭蓋骨の次はのど　のどの次は胸　手指の関節はひい
　ふう　みい　よう　いつつ
並んで　足のさきまでまっすぐにのびている
わずかに煙っているのは

花
花がもえたあとですと　火屋の男が教えている

ああ
すっぱだか

まっしろ

言い足すことはなにもない
これが返事だと言っている
わたしがいつもあれこれ言ってあれこれ聞いて
ねえ　もしかしたらなどと空を見上げて
口説いていた
ずっと返事してくれなかった
けれど

とうとう
とつときの返事をしてくれた

まっすぐに寝て
まっしろな骨
ところどころ煙っている。

形《すがた》

恵那*の雪　ゑの形して残りけり
わたしは恵那に行きました　恵那は岐阜県にあります
平《たいら》に坐って山をみています
残雪の形《すがた》が吉凶の占いになったことも　あったのよ　昔
溺れそうな海で海流が変化するとき
ひやっと　横っ腹に
冷たい

海道をまがるときに
みえるのよ
島

島　？
では

もう陸生《りくせい》ね　わたしたち　とわたしはときどき思い出すのです
わたしたちが成り立ったときのこと
まだ
島に　這い上らなかったときのこと。

＊岐阜県東濃地方。

冬

曲り角を
曲ってから
ふと　思い出した
胎児と話しているお母さん
を　思い出した

波動は胎のなかも
すうい　すういと通り抜けるが
胎児がうずくまっていると
そこが発信所になるのを
思い出した

胎児はひげもあって　ぬるっとしている
それがいるとむこうが
見えない

生き物が波動の発信所だったのを思い出した
わたしは生き物は波動の中継地だと思っていた
あのね
と
角を曲る

まあ
こんなところで
眠って

と
お母さんが
抱き上げると
濡れていた

あれはいつごろだったのだろう
カンナ屑のなかで眠ってしまって
目が覚めたら
光が
ぽたぽたと
落ちていた
冬。

自伝・喩

ある　晴れた日
父はむすめに　おや　おまえは鴨の子のようだねえと言
　った

それで　わたしは
その日から鴨の子になった

ある日　わたしは
荒海や佐渡に横たふ天の川*というハイクに出会った
え
どうして？
陸に天の川が横たふの？　陸が海に横たわっているので
　はないのかと思ったが
鴨の子にさえなったわたしを思い出して

あら
おじさん
天が欲しかったのねえと思った
荒海にさえなれば天地等価にすることができるあらあら
　しい自己消滅の
あらうみの
しぶき

かも
よ。
＊松尾芭蕉

わたしの父もいつかは鴨になりたかったのだ
ただおじさんと違うのは父がむすめを泳がせたことだ

喩
ユウ　ユウ

ララ　ラ　ユウユウ喩
わたしは水掻きで　水掻きながら
喩
って
いったいなんだろうと思う
わたしを鴨の子にした
喩
って

もしかして
変化？
進化

（『句まじり詩集　花』二〇〇八年深夜叢書社刊）

詩集〈人文〉から

人文《じんもん》

ヒトだけでいいのに
文《ブン》とつなぐと生活がはじまってしまって
朝星夜星《あさぼしよぼし》　郵便配達夫は人から人へ文をとどけなければ
　ならぬ

むかし
アルプスのモンブラン山の上を
プロペラ機でひらひらととんだとき
山頂から山の裾まで続く道が途切れながら山をめぐって
　いるのが　みえた

道かァ
と思った

あの道の
うつくしさ
道を歩くあしのうつくしさ
が
文だねえ
と

今朝　咲いた朝顔に
いうと

ええ
あついわねえ
朝から
と
首筋の汗を拭っている。

花ざかり

かくべつのことはなにもない

かくべつのことはなんにもない
バケツには水を八分目
雑巾は
ちいさいめを
絞って
拭く

拭きなさい
テーブルを　とおかあさんに言われたとおり

そうよ
拭きなさい

どこにもなぁんにもない

でも
こんなに花ざかり。

からす

かなしかぁ　とからすが泣く

わたしはとしを取って肉が落ち
軽くなった　と思っていたがそうでもなく

失うほうが重たくなるのだ　と
気がついた

この執心のはしたなさ
裾さばきの　わるさ
足首にまといつき　まといついてかあかあと
泣く

あかあかと日はつれなくも秋の風*
というけしきが好きだった

つれて行ってよ
あかあか

抱くふりして
抱いているふりをして
よ

なんミリかくらいのわたしを
そのなんミリかくらいの杖の先で
押さえて
よ

そんなら
わたし
も
かあかあ

と
泣く。

*芭蕉

物売り

そこだけ
かたくなに忘れて思い出せない
名詞のまわりはけしきも手ぶりも　用事さえ
わかっているのに
名詞だけが拒んでいる
見ないでよって
見せないよ　って

知りたい中心を見せないクセがいまごろ出るんだろ
見たくて知りたくて熾烈に立ちあがるあの立葵の
青い青い匂い
あかむらさきの
よだれる
欲
を　ひたと伏せているもの
何と言ったかねえ
あ　あの京の北から物売りにくる
はな　いらんかえ　と売りにくる
絣前垂れのおんなのこと。

ぶどう山

ぶどう　送るわね
と
はるかな友から電話が入る
友
と
言ってもいちど会っただけのひとである
河内から大和川《やまと》を大和にこえる辺りの山里に住んでいる
らしい
ごろごろ石が台風で流れて出て
淵を作っている川上かもしれない
山に嫁に行って　もうそこで
生涯するのだ　と言っていた
かわいそうなほど
しろいあしのひと。

（『人文』二〇一〇年編集工房ノア刊）

詩集〈灯色醱酵〉から

撫でさすれ

せめては言葉で慰めよ
うつくしい言葉で撫でさすれ

日本語がひっかかっている
橋ゲタに

どうしたの?と聞くと
眼に青空が写っている
流れて行けたらよかったのにナ　海峡を渡るなんてスグ
　なのに

どっちにする?
右?
左と言いながら橋の下のゴミを拾う

さびしい日本語族
言葉ができてから
言葉で生きて
言葉の先っぽから傷み。

せめて言葉の先で撫でよ
ヒトを安楽にせよ

犬も猫もツヤツヤの毛皮の先で地面をさすっているではないか

ポツリ　ポツリと
雨かな。

姐《あね》

詩人か。

ソンナモン、最低やと小説家の姐はいう。
小説は散文なので関係が生き甲斐である。詩人は関係を脇腹にそよがせているヒトのことである。詩人が世間に容れられない理由が分かる。関係こそがヒトが生きて行く要件なのに。

大根下すときはナ、こわアイかおして磨りなはれ。大根はどれくらい痛いか。その痛さが大根下しの旨みになってヒトの栄養になるネン。
ヒトと大根が繋がる痛さも知らんで、なにがシジンや
と
姐がいうのである。

そうか
詩人にとって個体こそが自律スルが、散文では関係こそが生きるということなンヤなア

と
わたしは思うのである。

ソヤケドな
そんなら最初の大根はどないなるのん　ヒトとヒトを繋ぐあの苦い大根の個種のことデスケド

そやし
梅は梅
桃はモモ　さくらはサクラとわたしはひそかに抵抗する
が
アホやナ　アンタ
ウメモドキ　サクラモドキ　銀座も全国にあるねんで
ホンマモンなんてこの世にあるカイナ　と言われそうでアルのを、ひそかにおそれているのである。
姐よ。

現代詩

山里で暮していると
眼に入るものがゆれている

町にきて
ビルディングの大きな窓から外をみると
朝も昼も
おんなじ

こんなカサブタを土のうえに作っていたのか

リンゴのひと切れを歯でたのしみ
歯から舌に渡るまでを世界　と呼び
ゆめ疑わなかったわたしのバカ
枠が白い　ペンキの木のドアから出たり入ったり
あるときはコスモスといっしょに入ったり
すると一日が暮れ
わたしはわたしを見失うのだった

魚のゆめ
鳥のゆめ
ゆめの波で濡れ
ゆれるものといっしょにこわれようとしていた。

現代詩の
バカ。

カミ笑い

みどり児の笑《え》まいをカミ笑《わら》いと言い
あれは
カミから来た音信　音信と交信しているのだと思うヒト
の

ふしぎ

若い母親はムネをはだけて
惜し気もなく
乳房をふくませ
カミからの子を抱いている

ヒトとヒトの間にはうっすらとしたミドリの線があり
皮膚のようにヒトを守っている
でも
そこをすこし破り

もし
カミと遊べたなら　と思うのが
わたしの
ゆめ。
ふっと
踏みこんでしまう
ゆめ。

夕凪

海は
凪をあそんでいる

かすみ立ち　かすみ消えるあの凪に誰か雑《ま》じることがあ
　るのだろうか

ことば　と、わたしは呼んでみる

たそがれひとり戸に立ち寄りて切なきみを思はざらめ
　や*　と
わたしも外に出て
戸口に立つことも覚えたのだ

ことばは消えることができる

わたしはなにを消したのだろう
とぶように逃げて行く時《とき》　に立ちはだかって
失うものを
あずけたのではないか
ことばに

ことばは消える
ことばは抱きしめる

そんな愉楽の
夕凪の
とき
を
ねえ
誰か覚えてる？

*三世紀中国の女詩人・子夜の作。『車塵集』（佐藤春夫訳）「思ひあふれて」より。

橋上《きょうじょう》

いつ死んでもよい
でもネ　きょうでなくてもいいと友人が言いました

それを聞いて　わたしは目が丸くなりました
いつでもよいが　きょうでなくてもいいナンテ。
八十二歳の友人は、まず一年ほどは持つでしょうと言われる病になったのです

あの世とこの世を彼岸と呼び　此岸と呼び
虚空には
橋が
懸っていると言いますが　友人のこのあし取りのこの軽さ

そう言えば北斎*にも峡谷に懸る橋を渡るひょうきんな旅役者らの絵図がありました

落ちてもョイ
落ちなくてもョイかずら橋を渡るひとたちのひょうきん
が
音までたてて
くちぐちの声までたてて渡って行くうつくしさ　絵師の
ひとすじに現われるこの豪奢

いのち懸けを　あ、そうか
ひょうきんというのだな　と思ったのを思い出します。

＊葛飾北斎・宝暦十年生。江戸期浮世絵師による絵は「猿橋橋上角兵衛獅子」。

夕雲

詩は連続せずに
切るので　切るということがその姿のうちにあり詩を書くわたしは
切って傷んでいたかもしれない。

散文は山の池に写っている
どこかに行きたかったスカートをひっぱって
流れて行く
秋の雲

とうとう物語にならなかったわたしの足踏みが
トントン　トン
重なり
また
放れて行く
雲よ
泣いていたのか　と思うあかい眼を引きつつ

灯色醗酵

　善人なをもちて往生をとぐ。いはんや悪人をや＊

このお文章に出会ったのはわたしには大事件であった。
どうしたら生きられるのか分からなかったわたしのむ
ねに、とつぜん灯がついた。
価値を作るのは世界を作ることである。
虚構に出会ったのよ　と。小説家のM氏に言うとM氏は
それこそが宗教ナンヤ　と言った。M氏は親鸞学者であ
る。

虚構の庭は五色の花びら
水は日射しをたたえ
鯉は笑っている

そんならわたしも生きられると十八のわたしは思った。
　生きられる、ではなく生まれられるとわたしは思った。
　死に死にて生き生きるいのちである。

ムネがドキドキした。このフレーズに出会って一週間は
　熱が出た。

灯色醗酵。

＊歎異抄・悪人正機の項。

（『灯色醗酵』二〇一一年思潮社刊）

詩集〈秋の湯〉から

日の入り

薄情も情《じょう》のうち　とか
ああ
あ
とつづくあくびの泡
やっぱりナ
藤のつる
山はいくら呼んでもそれっきり
キツネが行けるところではない
水踏んでみち歩き。池渡って底が抜けたら帰りましょ
藤のつる

廻わしながら夕まぐれ
ながい間　焦がれていた世界の輪の中に入ろうとしている。

猫

日だまりで猫が目をつぶっている
いい気持?
と
聞くと
ううん　という
日の光で光っている
幸福?　と聞くとうるさいなアと立ち上って行ってしまう

猫の体温が猫のかたちで残っている
さよなら　というのもさびしいので
てのひらで
掬う。

鍋の豆

目が通るのは火が通るのと似て　いちど目が通るとそこ
　は格別　やわらかいのでした。

やわらかく
ひらひら返る鍋の豆

煮ているとあのひともひらひら返り
ヒラ
と
舞っている
すると　わたしは豆にならないではいられないのでした。

存在

そんなにかなしいことがまたとあろうか
おまえとこうしてへだたる朝があるなんて

いくつになったの？と聞くと
五十だよ　という。
ああ、もうそんなに経ったのだ
わたしのくちびるに触れていた甘い豆
おまえはわたしのくちびるを滑り落ちるものだった。

五十年の鳥の声
母と
子よ　呼んでみよ　母は在ったのに。

五月は　ちまき

このくには水のくにですから　流れるものを迎えたり送

ったり
まなじりには朱がひとすじ
流れるものを流したり　抱き止めたりする方法を
ひとつ。ふたつ

水にぬれた紙の端に極を見て　水びたしになって行く行
　く末を覚えて行く。

流れるものを見送る方途が
ふたつ
みつ
ありさえすればタテのことは時世《ときよ》にまかせて流れて行く

では。
レッスンをはじめましょう
日本語はヨコに這う。するとタマシイもヨコに這う
五月五日の節句には行くところもないのにタテに立つ濃
　紫。むらさきのあやめのはな。

葉で巻くちまきの餅の葉を解きながら。葉の端でさえ巻
　かずにいられないこのくにの。ことばの端を引きなが
　ら

わたし

涙をこぼさずいられましょうか。

かわいそうなカミのようなこのくにのことばについて。

では。
レッスン・ワン。多勢も要らない無勢なレッスンを。

花の続き

　昨夜、あなたがわたしのことを不潔だと言われたので
わたしはじぶんのことがふうっと分かる気がしました。
わたしは不潔、をよいことだとは思っていませんが。不

潔はただ不潔だというだけのことで。それはことばだけのことで。そんなことばも在る、というだけの――という意味です。わたしはちいさいときから周りの人に「不潔」だと思われてきたとじぶんで思います。つまり。わたしは生れてすぐ他家《よそ》に貰われた子でしたから。生れて親の巣を落ちたものはみな、不潔だったのです。

以前。あなたは「僕は人に指差されるようなことは何ひとつしたことはない」と言われたことがありましたのよ。それでわたしは「わたし」はヒトに後指差されて生きてきたなァと思ったこともあった。養父母と実父母の四人の親のそれぞれの思いを慰めるのはわたしがその、例えば善し悪しというふうな潔よさから離れる他はありません。巣から落ちた「声も聞こえず目も見えぬ」赤児がひとりの親を選ぶことができない不潔を。ひとりの赤児にとっていちばん。たぶん清潔なことがとうとうできませんでした。

潔よくするということは自分の意志をいう。

わたしは空《そら》にではなく。ヒトに向かって自分を述べるヒトをみるとふしぎでした。そんなわたしがひとのことばを失う患《わずら》いもせず。ことばで「詩」のごときものを書いて生きるふしぎ。

空《そら》に　ことしも花を拡げています。ヒトをとうとう入れられなかったわたしの――恋の続きが――。枝を拡げています。

秋の湯――石原吉郎*のてがみ

I

やさしくてたのしい彫刻の写真をさしあげます。私がとった写真なので、大へん貧弱ですが、実物は私の仕事場の近くにあって、大へん美しい彫刻です。作者はイタリーのファッツィーニで、「話をする人」という題がついています。私はこの彫刻が心から好きで、ひまさえあると、この前でぼんやりすることにしています。

人間の手と指が、こんなに生き生きと感情を、それもひとつの遊戯のように無心に伝え合っているさまを見ると、私はやはり人間を信じなければいけない、それも単純に信じなければいけないという気持に、なんとなくなってしまいます。

私が小供のころ、「綾とり」という遊びがあって、小供たちが糸と指先で愛らしいリズムを作り出すさまを、飽きずながめた記憶がありますが、たぶんそれは、私よりも三井葉子さんの世界ではないかと思います。

その後私の記憶から綾とりが姿を消したころ、戦争が始まって、そして終りました。私は、自分自身も含めて人間を信じない男になって帰って来ましたが、私ががんこに人間と人間が作る世界を信じまいとした、その底には、泣きたいほど人間を信じたがっている聞きわけのない願いのようなものがあったように、私には思えます。

私がファッツィーニのこの彫刻にひどく、いつまでも引かれるのは、たぶんこのような願いのためかもしれません。(略)

II

お手紙なつかしく拝見しました
重い本を出したあとで　気ぬけしたような日ばかりがつづきます
このあいだは　仕事を休んで　一日じゅう北鎌倉をあるきまわりました
たまたま立寄った寺に　源実朝と北条政子の墓がありました　いずれも岩窟のくらがりのなかに立ちすくんでいて　耐えがたいほど荒涼とした感じが気に入って　ながいことその前に立っていました
多分　他界への入口のようなところに　立っていたのでしょう　いましばらく生きるために　私はそこから引返しましたが　どこにいても「生きのこった」といううしろめたさのようなものは　つきまとって来ます
このごろ私は　荒涼とした気配につつまれた「浄福」のようなものに　渇仰にちかいものを感じます

＊石原吉郎＝詩人

あれから。あの晴れた日からまた、年月が流れて過ぎて行きました。そうです。空の雲のように流れました。そして石原吉郎はある日。自死しました。

自死。ええそうです。晴れた日の告別の日。教会の司祭は参列の人々のまえで。彼は「自死しました」と言いました。彼が信仰する宗教では自殺は禁じられていましたので。

たくさんの葡萄酒を呑んだ石原吉郎はその体を湯舟に沈め、溺れたということでした。参列のわたしたちのむねのうちをことばは白い雲のように流れて行きました。

秋の昼。わたしは片あしで湯を探りながらさざ波立つ波をみています。石原吉郎がしずかにしずんだのかもしれない葡萄いろの湯——にあしを入れながら。

この秋のひかりのような織い。生きていたころの石原吉郎のてがみを——まだ、生きているわたしの肌身に浴びているのです。そんなにも織かったことばを思い。わたしはわたしの粗さを恥じています。粗野がこのように織いものを生むために粗くうねっていたのかもしれない湯を。打ち返し。おんなの粗《あら》む性《さが》を恥じているのです。

しずかな秋の湯。

水に揺れ——草野心平*のてがみ

池の水
水の草

三井葉子様
突然ですが、もしあなたの詩集「いろ」まだありましたら次の連中に送っていただけませんか。
阿部知二
佐多稲子
武田泰淳
立野信三
湯浅芳子
田村俊子賞にスイセンしましたら、みんな読みたいというので恐縮ですが速達で送ってくれませんか。(おせいかいかな）それから小生宅のを探したのですが見当りませんので、ボクにも一本を。
三月十四日（三人で女房とその友人と小生）お水とり見にゆき、宿は「江戸三」*。こんどはべらぼうに忙しいのでお会いできないと思います。
四月二十七日ヨコハマをたって行きます。その節お会いできるかどうか（後略）

てがみにある個有の人々はそれぞれに亡んでいった。

うつくしかったひとよ
死んだら死んだで生きて行くサ、と言った
男——よ

水の水輪《みのわ》に
ゆらゆらと
浮き
沈み

死んだら死んだで——
消えては浮き
きょうも日《ひ》なかに
浮き
沈み　して——。

*草野心平＝詩人
*江戸三＝あさじが原の茶屋

（『秋の湯』二〇一三年青娥書房刊）

散文

わたしが詩を書きはじめた頃

昭和二十九年から三十年頃、大阪天王寺の夕陽ヶ丘にある市立文化会館の一室で、小野十三郎さんをかこむ詩の会が、月に一度開かれていた。夜の詩会と名付けられたその集まりに、わたしも参加した。その名のとおり、会は六時頃から、学生や働く人たちの勤めが済む時間を待って開かれた。三十人ぐらいはいつも集まっていたと思う。床も壁も板張りの急拵えの部屋だったから、その辺りも戦火で焼けたのだ。町はまだ復興の途中だった。わたしは十八だったか、まだ闇の中にいるような時期で、誰かに教わっためくら蛇におじず、という言葉がめずらしくて、何につけても蛇におじずに踏んでみようという気持でいた。毎日毎日、わたしはなやんでいたけれど、いっこうになんにも見えなかった。闇はいつでもあるだろうけれど、その頃を思うと比喩でなく、実際に手さぐりをして生きていたような気がする。だから、昼まのやさしく木々の葉をゆらす風を見ても、土の上に咲く、ちいさいむらさきのすみれを見てもれんげを見ても、川の流れる水を見ても、水が光るのを見ても、飛び上るほど、わたしはびっくりしていた。夜は町に灯がついて、たくさんの人や車が往来していたし、食べ物屋はのれんから白い湯気を上げていた。水溜りに落ちる灯も、遅くなった帰り道の高い月も雲も、みんな十八のわたしにはめくるめくような、いわばいのちの祭のような日々であった。わたしの内面は日毎の出会いで新しく転々として、わたしははらわたを、日毎の色に染まる腸《わた》を日毎に開いて見ているような気持で暮していた。

字が好きな子だよ、とはちいさい時から大人たちに言われていたが、家は商家で、どちらかと言えば学問を大事にするという気風はなかった。長袖はご法度という家であった。長袖者とは僧医者学者神主という訳である。本を読んでいると、体が弱かったこともあって、外に出て遊んでおいで、とよく叱られた。本と言っても童話か少女雑誌の類なのだけれど。わたしは数少ない本を、ほとんど奥付まで諳んじていたぐらい字が好きだった。あんなに夢中になれて、そして時間があり余っていた少女期に、たくさんの本を読んで置きたかった。といまも時々思う。わたしの詩への憧れはどのようにして芽生えたのか。なぜ詩を書くことになったのか、書くのが好きなら、どうして散文ではなかったのか。そんなふうに考えてみると、わたしにとって詩を書くことは、書く、というよりも、とる、もらう、あらわれるという、何か具体的な行為であった。まえにも言ったように、わたしはどのように生きればよいのかを、ずっとなやんでいた。誰にとってもそうだろうけれど、生まれて来たのははじめてのことなので、わたしはどのようにして生きればよいのか分からなかったのだ。出さなくてもよい足を出し、出すと踏んづけられ、泣かなくてもいいことをながながと泣いて、梅雨時の食物のように饐えてみたり、朝になっても、行けばよいのか止《よ》しにすればよいのか分からなかった。草木や虫を見て、ようやく季節のリズムを会得して、じぶんの呼吸の数を覚え、脈搏を覚え、じぶんの規律を覚えるめどが立つまで、めくら蛇におじずとでも思っている他なかったのだろうか、と思う。何かしら、生きたい知りたい、と思っていた。ひとり熱が高かった。

いまは婦人会館とよんでいるが、（ちなみにそこでわたし達はいま、朝の詩会と名付けた勉強会を開いている。もう七、八年になる）わたしは夕方から近鉄電車に乗ってその会場に出掛けた。電車は西にむいて走り、車窓からは赤く西日が見えた。夕方の光が座席に座って手を重ねている手の甲から膝に風のように当る。わたしは下を向いて、固くなって座っていた。鞄の中に作品が入っているので気持が高ぶり、いわば軒高としていたのだ。

それが作品を人前に差し出すはじめてのことだった。合評会であったが、ときおりその月の出来のよい作品を投票で決めたりした。一等賞には小野さんの色紙や詩集のほうびが出て、わたしも賞品をもらうことがあった。

作品がほめられると、あ、生き方がまちがっていなくてよかった、と思っていた。それはずっと後からもそうであった。言葉がよければ何はともあれ、よい暮しのはずであった。その他に、よく生きているのか、或いはよくないのかを知る手段はなかった。

わたしは、考え、を信用して生きるということが出来なかった。ひとの考えがどんなに頼りないか、どんなに得手勝手に組み立てられ易いかということを、わたしはじぶんが育った環境で知っていた。そして、また時代もそうであった。

わたし達の世代では戦争のなんであるかを知らなかったが、そうかと言って知らない、と言うこともなかった。日常生活は不自由だったが、不自由は物心ついてからなので、不自由とは思わなかった。終戦は国民学校四年生の夏。わたし達は戦争から解放された——にちがいない。それからデモクラシーが始まり、パーソナリティが重要になった。自由ですよ、と言われたけれど、わたし達には自由が分からなかったのではないか。わたしはパーソナリティのために、じぶんを不自由に追い込むことが要るのだ、と漠然と思っていた。自由なんて駅のない線路みたいなものだったから、そんなところへ無防備に発つ訳には行かなかった。

覚えていることは、不自由な生活の中で覚えたことだけだ。親はいつ戦争に行ってしまうかも知れない。家はいつ空襲で燃えてしまうかも知れない。わたし達は敵を知っていたが、けれども敵はわたしをおびえさせなかった。ほんとうは人間が仕組む成行きの中で、戦争ほど恐しいものはなかったのだが、しかし、それが人間の仕組みである以上、どこかおかしかった。あの真剣な防空演習がおかしくなく、天皇陛下の赤子である、あの校庭での訓話がおかしくないはずはなかった。何よりもそれは生活の実感からかけ離れていた。芝居のような仕組みへ、ひとが死にに行くのだと思ったときに、幾通りにも作り直せるものをすぐに信用してしまうことは出来なかったのだ。考え、は、休めば一日も暮しては行けないひとの暮しの中で、考えの中に組み入れられたくない、とわたしは思っていた。

いきおい、感覚的で実感的な生き方をわたしはしていたことだろう。考え、がわたしを拘束しない限り、わたしは行為として不自由を目指さなければならない訳だった。わたしは生きるために不自由を、もしかしたら欠損を目指していた。いえ、欠損を目指していたのではなく、欠損していたので、補塡を、充足を目指していた。自分の欠損を知ることが、欠損しているわたしからの出発であった。あとから考えて見ると、発とうとするものと、保全しようとする肉体的なもののバランスをよく回復してくれたものが、わたしにとっての言葉であった。言葉はわたしと他者の間にあって、心と肉体との間にあって、よく往復した。わたしはようやく言葉によって、いわば生命を養う堆肥を運んでくる虫のような風のような、時間のような言葉によって、在ったのだと思う。言葉はわたしに場をくれて、言葉はものを尋ねた。すると、言葉が返るのである。そんなによいものは、他になかった。

はじめて人間に差し出した作品がどんなものだったかもう忘れてしまっていたが、先だって寺島珠雄さんが夜の詩会に提出していた作品のコピーを下さった。

押されてよろめき押してよろめき
うろうろと犬のようにのれんの下をのぞきまわり
それに疲れてねむろうとしたらいい匂いにどなり起こされ　やっぱりうろうろと歩き出す
春だから暖たかなんだと街路樹の下にいればつめたく　わけもない煙が流れてきて眼を痛くさせる
白い横顔がやってきて紅に濡れ　とろけるのかと思ったら　チューリップが咲いていた

——後略——（彷徨）

などと書いている。日付は二十九年四月。

はじめての詩集『清潔なみちゆき』を三十九年に出した時、小野十三郎さんが序文を下さった。それには——私たちが、めいめいの作品をめぐってやる応酬を、席の片隅で、いや、問題はそんなところにないんじゃないの？　とでも言いたそうな皮肉な微笑でうけとめてきいていた三井さんの姿が、いま眼に浮かぶ。——と夜の詩会当時のことを書かれている。そしてまた、——その頃の彼女の作品には、一種の運命的な孤独感、あるいは離群性といったようなものが抜きがたくあった。と書いて下さっている。

離群性などは思いもよらずに気付いていてもいなかったが、群れからはぐれたような、やはりそんな顔をしていたのだろう。

夜の詩会には、長谷川龍生や港野喜代子、牧羊子や浜田知章、浅尾忠男さんらが顔を見せていらっしゃった。市電がまだ大阪の路面を走っていた。小野さんは女物の赤い鼻緒の下駄などを履いて、着流しで見えられるのだった。夜の詩会はそのあと発展して、今年、三十周年をむかえた大阪文学学校になった。その頃、「山河」や、大和の「爐」や、「詩と真実」や、「現代」や、河内の「天幕」や、そんなグループが戦後の昭和二十年代を過ぎようとしていた。

(『春の庭』一九八三年沖積舎刊)

石原吉郎へ——遅れた手紙のうち

「もしあなたが人間であるなら、私は人間ではない。もし私が人間であるなら、あなたは人間ではない。」——取調べが終ったあとで、彼はこの言葉をロシヤ文法の例題でも暗誦するように、無表情に私にくりかえした。その時の鹿野(筆者注 鹿野武一)にとって、おそらくこの言葉は挑発でも、抗議でもなく、ただありのままの事実の承認であっただろう。——おそらく敵意や怒りの色はなかったのであろう。むしろこのような撞着した立場に立つことへの深い悲しみだけがあったはずである。

(石原吉郎・日常への強制・ペシミストの勇気について)

生き残った者にとって、生きのこる機会は、さらに無数にやってくる。一度生きのこってしまえば、要するにどんな屈辱のなかでも、ついに私たちは生きのびるのである。ソ連軍がいっせいにソ満国境をこえたとき、ハルビン市内にどこからとなく、大量の青酸カリが放出され、手づたえに日本人婦女子へわたされた。しかしそのひと月後、進駐して来たソ連軍将兵の連日の凌辱のなかで、青酸カリを飲んだ婦女子があったということは、すくなくとも私は聞かなかった。ここでは生存ということが、むしろ敗北なのだ。

（同じく、日常への強制・オギーダ）

昭和二十五年春、私は、バム鉄道沿線の「コロンナ33」と呼ばれる収容所から「コロンナ30」へ移された。

（同じく・オギーダ）

一枚の風景、二枚の風景というふうに、わたしの目に浮かぶ景色の裾野から、風が立って草が揺れている。昭和二十五年と言えば、わたしは十四にもなっていたか。「そこに座っているのが三女です。父の弟の家に養女に出ていますが、今日はこんな日だから来ています。ま、要らん子ですねん。」その日、初めて家に招いた婚約者とその両親に長兄がわたしを紹介する。兄弟がたくさんで係累が多い家は、新しく嫁いで来る娘にとっては気ぶっせいなものではある。兄はその娘を見染めてから、周囲のようやくな同意でこの日を迎えている。こんなにたくさん、つまり七人も居る弟妹に躊躇して、妻になるひとを慮っていた。花嫁になるひとが来るというはしゃいだ楽しみで、座敷の緑色の座布団に同じように並んで座っていたわたしは、思わず席を立って、立ってみると座敷の襖をあけ、次の間の戸をあけ、あけてみるとやはり裏の戸口をあけて外の風に当って立ち止まった。

母が私を追って来たことを思えば、兄の言葉は、やはりそこに居た縁の者の気がかりではあったのだろう。追って来た母は大切にしていた白い化粧クリームの瓶をわたしに差し出して、はようお塗り、と言った。あとで何度もわたしはこの景色を思い出したが、この咄嗟な母の思い付きのところでは足が止まらずにはいられなかった。

生まれてまもなくのわたしを他家に養女に出した父を、わたしは今も許さないでいる。

いずれは誰かが背負わされる順番になっていた「戦争の責任」をとも角も自分が背負ったのだという意識でした。――「私たちは日本の戦争の責任を身をもって背負って来た。誰かが背負わなければならない責任と義務を、まがりなりにも自分のなまの躰で果して来た」という自負をもってそれぞれの家へ帰って行ったわけです。（同じく、日常への強制・肉親へあてた手紙）

――戦後の詩のいちばん大きな特徴はイメージとイメージのあいだ、詩行と詩行のあいだに運命的としかいいようのない暗い、深い断絶が存在することだという気がしています。そして、詩人が書きしるした詩行やイメージは、その詩人自身のものとなっても、それらの間にある深い、しかし自由な空間を決して詩人は自分のものにすることはできないと考えます。そして、いわばこのような空間、断絶があることによって、一人の詩人の書いた詩は僕たちすべての財産となるのであり、そのような断絶によってはじめて一人の詩人は無数の読者につながりうるのではないかという気がします。（私信から）

わたしが石原吉郎さんからこの手紙をもらったのは昭和四十年一月のことです。封書はまだ十円切手でまにあっていて、桜の図の牡丹色の切手が貼ってある。その前の年、つまり三十九年の暮れにわたしの第二詩集『白昼』が出て、それをわたしは埼玉県入間郡上野台団地宛の石原さんに送っています。手紙はそれの返信です。石原吉郎の記名のある詩集『サンチョ・パンサの帰郷』がいっしょに届きました。

わたしはその頃、まだ痩せていました。自律神経失調症を病んで、ようやくそこから這い出そうとしていたときでした。わたしの神経症は、強迫観念の過敏から破れを繕い切れなくなって破綻したようなところがありましたが、医者の見立てでは心臓神経症ということでした。結婚してそのときはもう十年近くも経っていたのに、その破綻は結婚に起因していました。そしてその結婚は、もう二十年も前の、わたしが養女に出た日に起因していました。わたしが親に、いわばまびかれる、ように、たまたま子供の無い親戚の家に行ったことに気付いたのは、養家の父が死んだあとでした。主人が死んで、なんとなく重みの無くなった家は、人の目や口が白蟻のようにすきまがあれば入り込もうとするようで、防ぎ切れない弱い所から焼けて行くものです。とりあえず不自然な所であった、もらい子のわたしは、人の目に晒される者でした。養家ではそのあとで弟が生まれていて、弟は当時三つくらいでしたか。母と子が遺された場所を守るときの柱の傷に、たぶんわたしはなっていたでしょう。夫に先立たれた家の寡婦と幼い子が抱き合って生きて行く場所なら、あけずにはいれなかったろうものが、そのときになって、ひとの子を預っている非のようなものを、弱くなってから養母はそれとは言わず責められていたようでした。

いずれ子を離した恨みは、実母のほうにもあって、口に出しては言えない恨みが養母の足を払っているようでした。

わたしが欲しいと言ったのじゃない、あちらが言うから預ったのよ、と養母は言い、わたしはお父さんの気持に従ったまでだ、と生んだ者が言うのでした。

死んだ養父は、十にもなったわたしを夕食のときは膝に乗せて食事をしていたのですから、手許に置いた血の続いた娘に情は掛かっていたのでしょう。養母も心根は優しいひとなので、わたしを大切に育ててくれました。順調なときは、それですべて順調でした。家業は手広い商売でしたし、家作もたくさんな家でした。戦争が終って、世の中が変り、養父が死んで、広い屋敷が荒れるのはみるみるまのことでした。それからまもなく、父の兄弟の間で財産争いが始まり、訴訟の係属が二十年も続いてようやく結着したのですから、生家と養家の間の長い戦争が始まっていました。

仮りにそのようないきさつが無かったとしても、いずれ知るわたしの身分が、わたしの生きる先の時間を制約したろうことは間違いないことですけれど。ただそんな経過でしたから、経過の途中にあった柱も塀も、行きずりに吹いた風もその通り道を通り、わたしはその景色に自分の袖を触れて通ったのです。

誰もわたしを名指しで呼んではくれない、そのことはどこか深い所にナイフで切るような傷を付けるものです。

一番初めにわたしを呼んでくれたのは、だから養父だったのではないか、とわたしは思ったことがあります。

勝ってうれしい花いちもんめ
負けて口惜しい花いちもんめ
どの子が欲しい
かよちゃんが欲しい

そんな遊びでは、欲しがられた子がうれしそうに敵方の陣にもらわれて行きます。子を人質に出したこのくにの歴史の中から、或いはもっと貧しい所で人が売り買いされた時代の名残りの遊びでしょうか。

あとになって、いずれ嫁に出す子だからと思った、と実父は智恵らしい顔で言いました。口べらしをするほど生活が貧しいわけでは無かった父母の、得意な計略は、人が立つ所の場所を知らなかった貧しさでした。

下克上は毛物の名残り。そこから人は長い間かかって、毛物が人になる道を歩いてきたはずですから人の心が無いのは、長い人の歴史にそむくことでした。

わたしがいまだ、その父を許さないでいることは、そのことの他ではありません。わたしはそんな父の子ですからそれを許さずに居ることで、そうではない他の人達につぐなっているような思い上りもあるのです。

――誰かがしなければならないことをわたしがしている、と思うのは、どこか受難というような刑罰を受けているような気味合いもありますが、そんな考えに辿り着いてまで、わたしはわたしの出生を証したかったのか、と思わないではいれません。もうこれはとても踏み替えることは出来ない道程の、とり戻せない間違いのような気持です。どうしてそんなに人になりたかったのか。そんなに割り込んでまで、と。


――夜になると仲間達は元の堀立小屋に集まって戻ってくる。そして一人がもう一人の所に行ってそっとささやくのである。「ねえ、言ってくれ……今日は嬉しかったかい？」すると彼は「本当のことを言えば、そうではなかった」と答えて、まだ他の人もそうであるのを知らないので恥しく思うのである。……人々は文字どおり自分を喜ばすことを忘れているのであり、それをふたたび始めて学ばねばならないのである。

（フランクフル、霜山徳爾訳「夜と霧」）

「夜と霧」を読んで、もっとも私が感動するのは、強制収容所から解放された直後の囚人の混迷と困惑を描写した末尾のこの部分である。――私が「恢復期」という言葉で考えようとしているのは、このような苦痛によって裏打ちされた特殊な期間の経験である。――肉体は正確に現実に反応する。それはフランクフルがいうように、文字どおり現実に「つかみかかる」。それは正確に生理学的な法則をたどって恢復し、ついに「恢復しすぎる」に到る。だが精神は、このときようやく拘禁そのものの苦痛を遡行し、経験しはじめるのである。

（日常への強制・強制された日常から――二つの恢復期について）

それからわたしは結婚しました。わたしは自分に、ひとの名を呼ぶのを禁止していました。呼んでもよいひとは、もうこの世にはいないひと、つまり養父のほかはいませんでした。わたしはみんな地の子だと思っていました。地平に日が沈み、空に月が懸かる下ではみな、揃いだと思うところで、わたしは暮しているはずでした。でも娘になるにつれてわたしの胸にも胸が疼く恋心が動いていました。好きと嫌い、それなら、それぐらいならわたしが立ってもよい、初めの杖になるのではないか。好きと嫌いは、食べ物の嗜好にしろ、生きて行くうえに好んでもよいのではないか、と思っていました。何しろ考えがつかないことばかりだから感覚の姉さまのような好みなら、よいのではないかと思っていたのでした。

丁度その頃は戦時に続いて戦後の、衣食住はほとんど生きて行けるほど、という時代でしたから、生きて行けるほどという習慣は、身にはついていました。戦後はやがて解放されて、欲しいものは欲しいと言いなさい、嫌いなものは嫌と言ってもよいというデモクラシーの風は、目を見張るようなことだったのです。わたしにとって好き嫌いをいうことは盲人が杖を持って立つようなことでしたから、簡単ではなかった。まだ疑い深く、ほんとうに好きか嫌いか、ほんとうに、などという掛け替え無いことなど無い、というのに決まっているのに、わたしはそれを確かめないではいれませんでした。

そしてほとんど選ばずに、好き嫌いを言わずに結婚することにしたのです。

根拠の立たないことをした実父と同じように、そのときわたしが頼もうとしていた好き嫌いを捨てて、ほんとうに無差別な地の子なのかどうかを知ろうとしたのです。実父が二十年前にわたしにしたと同じことをわたしは自分にして、自分の立つ所が何処なのかを知りたいと、若い力で思いました。すると精神はほんとうに――拘禁そのものの苦痛を体験し、肉体は――正確に現実に反応する――のでした。心が耐える間にも、肉体はどんなに正直に簡単に心を見放すものか、とわたしは思いました。そしてそれが恢復に三年も四年もかかった神経症を患ったいきさつです。

そのような肉体と精神が分離するような体験は、初めてわたしを勇気付けました。肉体を、つまり血を分けた父と娘が、どのように分離できたか、ということが、わたしが生きて行く恢復の始めでした。肉体が遂に精神に喰い荒らされることはない、という体験は、かがやくようなことでした。遂に喰い荒らされずに在るちいさな部分は、わたしを啄んだ者から、わたしをたぶん解放したのです。そこが、男と女のすれ違う所でしょうか。肉の恢復を喜ばない男の運命というもの。

わたしは肉体の恢復を喜んでいました。その部分がわたしの精神でした。なんとなら、恢復に立ち合ったのは、わたしを産んだ者ではない、わたし自身だったのですから。すこしずつ暖めながら、光を当てながら、わたしはその部分に望みを繋いでいました。

石原吉郎さんの手紙を初めてもらったのはそんなときでしたから、わたしは石原さんの考えがすぐに理解出来ました。

安堵の灯を無数につみかさねて
夜が故郷をむかえる
みよ　すべての戸口にあらわれて
声をのむすべての寡婦

驢馬よ　権威を地におろせ
おとこよ
その毛皮に時刻を書きしるせ
私の権威は狂気の距離へ没し
なんじの権威は
安堵の故郷へ漂着する
驢馬よ　とおく
怠惰の未明へ蹄をかえせ

やがて私は声もなく
石女《うまずめ》たちの庭にむかえられ
おなじく　声もなく
一本の植物と化して
領土の壊滅のうえへ
たしかな影をおくであろう

驢馬よ　いまよりのち
つつましく怠惰の主権を
回復するものよ
もはやなんじの主人の安堵の夜へ
何ものものこしてはならぬ
何ものものこしてはならぬ

（詩集サンチョ・パンサの帰郷）

男が帰ってくる。主人を乗せていた驢馬が帰ってくる。男はその時刻を印す。男に在った権威が狂気の距離にかくれてしまい、驢馬にあった主人（権威）は、故郷に帰って来た。

権威をおろしたあとでは怠惰が回復する。位置を決める（一本の植物と化して）。それが安堵である。それが帰郷である。

時刻を印した、ペンの先（植物のような）が、位置である。彼は去勢する。いままで持ってきた権威を地におろし、――沈黙にたどりつき、原点を問い直す――視座を手に入れる。

とりもなおさずそれは、人間の復権、つまり誰も何者も手を触れることができないはずの不可侵の領域に手を掛けられた者の、復権のためである。

――戦争のもっとも大きな罪は、一人の運命にたいする罪である。

（日常への強制・強制された日常から――二つの恢復期について）

それはとり戻されねばならないものであった。ではどのように。

去勢、という言葉をわたしは不用意に使ったが、時刻を刻する、という行為には、煮詰められたものが遂に煮詰めたものに渇くような撞着があると思うからである。

彼はすでに一人前の男だった。だからこそ兵役に行き、剝奪の経過は一枚、また一枚と剝ぎ取られて行くのを、経過として見ていたのだと、わたしは思った。


もっともそれは体験よりも資質にあることかも知れないが、のちもずっと彼にある特有のリズムは、剝奪を踏み返す音だったのではないか。

強制収容所から帰国した石原吉郎が、自らを強制し、規範しながら強制に立ち向かっている。強制をもって強制を制する、この本然から外れて行こうとする少年のリリシズム、ロマンチシズム。痛ましい少年の魂。

ひとつの詩は語り尽せないような、百年向うから立ち上ってくるもの、十年向うから昨日から、ひとつの十字路に綾なしている。

そして経過としては成り行きの通り、抑留されて八年、帰郷してから八年のちの、詩集『水準原点』にまで来て、石原吉郎の生き難さは目にも見えていた。

いますこし語り進もう。

わたしは石原さんから「すれちがいの美学」（海を流れる河）という文章をもらったことがある。

あるときの三井葉子の手紙に、「かくごをきめるのは、いやでございます」とあった。およそむなしいと承知のまま、なお日常への姿勢という偏見に執しつづけて来た私は、置きわすれるようにして、覚悟の枠をぬけ出てくるさまに、足もとをすくわれる思いをした。――男のむざんはさらされて、ひとの踏むままである。おんなのむざんは踏まれもせずに、置かれたままである。――覚悟はきめぬとつぶやくとき、情念はその位置で安堵する。

わたしだって、石原さん、踏まれもせずも置き残されたら、生きるよすがをどこかで働いているのですよ。覚悟を決めたその位置で、生きているということは働かないではいれない。動いて働いて、そのうち伸びてしまうのです。

わたしは女だから肉体を産んで、肉体が育つことにためらいは無い。それがどんな子でも時刻に過ちは無い。

無明もなく　また
無明の尽くることもなし
（般若心経）

――男の無明は確然とある。男は無明を恥ずるのに、おんなは無明によりかかる。のがれおわせぬと知るからである。男の無明は断ちおとせば、さらに確然と無明がたちあがるが、おんなは無明へとさらに橋をわたす。
（すれちがいの美学）

無明が無いと般若心経に書いてあるのに、無明があると石原さんがいう。生きているのは動くことなのだ。石原吉郎の帰郷の位置も、沈黙も原点も、断念さえ動く。確然と意志されねばならない精神が育つのが無明である。彼が視座を決断し、そこを動かぬと言ったときから、精神が、剝奪のときと同じように肉体を置いて出て行ったのだ。わたしは白熱する道を思う。

そんなはずではなかったろう。人間は、彼の復権の意志によって在るものであったろう。彼が死んだとき、その死は自死であったと告別の儀式で祭司が言った。彼は死ぬように歩いた。

昭和五十二年十一月十四日、死ぬ日のまえにはたくさんの葡萄酒を飲んで、風呂のことであったという。その

二、三年に、手紙のようにして「墓」と「戒名」が届いていた。もう、もっと肉体を置き去りにする他はないのだ、とそのときわたしは思っていた。それでも、帰るときあなたを乗せた驢馬のように、あなたのあとから主人につき従った肉体が行った。
　こうしてすれちがい、すれちがいながらわたしは石原吉郎が人間を照射したそんな光で私を見た者である。これは何通も出さなかった、残った手紙の一通だ。

（『つづれ刺せ』一九八七年編集工房ノア刊）

御堂筋

旅に病で夢は枯野をかけ廻る

　これが松尾芭蕉最後の吟。元禄七年（一六九四）十月十二日申の刻、帰らぬ人となった芭蕉が三日まえ、九日の未明に呑舟を呼んで書き取らせたという。

　病む床にいながら、思いはこの宇宙に生きて浮いて漂よい足掛けているそれを、「荒海や佐渡によこたふ天の河」のわたしというものの在り処を考えている。何処へ身を置こうかと考えている。言葉で思いを言いあらわす者は、言葉のほかに自分の身を置く場所を知らない。

　十七文字の世界。

　死出の戸口もどうして戸をあけたものやらこの辺り、という手探りもみんなこの十七文字の世界のほかにするところがない。

　わたしは大学は相愛学園に通っていたので、この本町四丁目の交差点から北にすこし、南御堂さんの「芭蕉終焉石標」は、いつもみて通った。背のちいさい碑は昼も夜もそれはもうひっきりなしの自動車の往来をみていた。もちろん、いまもみている。

わたしの青春はその南から北にはしる御堂筋界隈にあったので、通るたび碑をみるたび、ああ、ここで死なはったのやな、と思っていた。菜種油か、なにかの灯油でよごれた障子の旅籠。宿屋の部屋が目に浮かび、どうしてか木綿の固い座蒲団も思い浮かんだ。風雅の人がふかふかの綿紗《めんしゃ》の布団で寝ているはずはなかった。

風雅はしわい。そしてだんだんちいさく、目はだんだんちいさいものを追っかけて、人は波打際を覚える。十七文字は有難い恩恵。無くなりもせず、そうかと言ってたった十七文字。

日本の言葉。

わたしたちはみんな日本の言葉を使う。弓なりの、このちいさい島国に生れて育ってきた言葉を、わたしたちも生れて育って使う。

こころは誰も目にみたことはない。そんな誰もみたことがないものに言葉という着物を着せると、あら、可愛らしや、あら、憎さげなというこころがあらわれる。あらわれ出ないまえは誰もみたことがないどこにもなかったこころがあらわれる。こうして、何百年も何千年も伝えられる芭蕉のこころが、いま生きているわたしたちにわかる。

日本語が宝でなくてなんであろう。日本に生きて日本語でこころをあらわそうとした人の思いが、宝でなくてなんであろう。

こころは目にはみえない。そして日本語は空気みたいに、なんぼ使うても減りもせんし、誰にも咎められない。けれどこうして十七文字が出来上ってみれば、一千年経ってもこわれない。二千年経っても減らない。わたしたちはなんの杖もどんな確かな頼りもないのに、ずいぶん大丈夫のような気がしていばっているけれど、例えばこの十七文字の言葉が、眠っている間もこころの繋がり、というものをわたしたちに教えて呉れて、それで安心しているのだったら。

日本語で、もしもわたしたちのこころが安らいでいるのなら、わたしたちの安らぎは自我のものではない。

それは日本語を作ったのはながい時間と、ながくたくさんな、たくさんな、日本の人たちばかりではない数えられない人たちの思いが珠数に繋がっての挙句なのだから。

今日の自足はどこから来たのか。そんな宇宙のおしまいの病床で、どうしたものかと句を案じていた芭蕉の、ここが大坂の終焉の地。

御堂筋はたくさんの自動車が流れていて、銀杏はやがて新芽をふくらませるだろう。ここは空前絶後日本語の大宗匠が、枯れて濡れる夢を後に残して行かれたところ。

(『二輛電車が登ってくる』一九九〇年エディション・カイエ刊)

便利使《べんりづか》い

大いに利用しました、とテレビジョンが言っている。「利用したんじゃないの?」とこの間は友達に言われた。「え?」と私は遠い国の言葉を聞いた気持ち。人を利用する、とはかねて聞くが、「あんた、私を利用したの?」と言われて。

辞書を引く。

――利益になるように物を使うこと。とある。やっぱり利用は物や、人と違うとつまらない安心をする。

利用を大阪辯は「便利使い」と言っている。

「便利使いさして貰《もろ》て、済みません」などと言伝てを頼む。

頼まれたほうは「いえ、なんの」と答えている。

いずれ利用も便利使いも自分の利益になるように働かせる意味だが。便利使いは済みません、利益させて貰て――といったニュアンス。

そない思わはれしません？

利を取るのが商人の仕事。その利を取る本場の大阪は「私」に益することをはなはだ恥じるふうがある。商売は「私」の欲に付くことを固くいましめる。物欲というとても簡単な欲に付き易い商人の要心は「私欲」。

で、おおかた大阪弁は「私」が落ちている。「私」が落ちている、つまり自我が落ちている大阪弁はまことに前近代的。欧米的ではない。
「大阪弁で物考えてて、自我の形成やなんて言うてもうまいこと行かへんのは当りまえやわなあ」と私たち、大阪人間は思う。

大阪弁の会話はおおかた主語を落としている。誰でも責任取れるように主語はない。よく言えば連衆、町屋の組合精神。

でも非近代的。非論理的。
「はだしでんねん。そら、帰りの電車賃くらいはみとくなはれ。そこ、なんとかお頼みいたしまっさ」

相手もきちんと答えない。
「考えときまひょ。まあ、品物《しなもん》置いときなはれ」

一体、誰が何をどう考えるのだろう。でも機会が来る。機会が来たら泥鰌摑むように摑む。

儲けさして貰う。

貰《もろ》うたものは預からして貰う。

利用する、なんて、大阪弁はそんな横着なことは言わない。自分の利益のために利用するなんて、なんて恥しいんだろうと思う躾が染み付いている。

済みません。おミカン頂戴、と店先で呼んでいる。ご免下さいな、などと呼ぶのだってご免。大阪弁と言わず、日本語は「済みません」がその成り立ちではないかしらん。

あやまっているのと違います。生かして貰うて、「ありがとう」なんだろう。そして欧米が入って来ていない大阪弁は、時代に遅れながら「私」抜きの気ままさして貰てますねんわ。

済みません。

（『ええやんか——大阪弁歳時記』一九九二年ビレッジプレス刊）

どちらも毛をなびかせて走るではないか

――財部鳥子　詩集『中庭幻灯片』収載「修辞の犬」より

突然ですが女は子を生む性です。十月十日《とつき》を孕《はら》むことになっていますので、自然に待つことを覚えます。やがて産みますといままで突き出ていたオナカがガクンと棚落ち（？）して、スキマが出来ます。それでスキマをスースー吹くスキマ風も覚えます。子を産まない性は密ですが、産んだ性はス（鬆）が入っています。

財部鳥子はうたっています。

（略）／風は毛ものの匂いがする
風は得体の知れない毛をなびかせている
風は獰猛にぶつかりあう
風は赤児のまわりに渦まいて低くうなっている
風はその甘く柔らかいものを浚って走る

――という劇について。ほんとうは風ではない「数頭の餓えた野犬がかたまりになって走ってきたのだ」が。

でも、犬というより。

（略）／犬はつむじ風のように見えたのだ
片付け切れない難民の死骸がそこに転がっていると
　しよう
犬より風のほうがいくらか「詩的」だろうか
いくらか自己救済になるのだろうか
結局　赤児は野犬に食われてしまうのである
そういう現実があるとしても
私は風と野犬を区別したくない
どちらも毛をなびかせて走るではないか

「区別しない」財部鳥子です。選《よ》らないひとです。選ろうとしても選ることができない、例えば豆を選る笊《ざる》が破れています。区別を落しています。そしてもし母性というものがあるなら、この「毛をなびかせて走る」ものを通してしまう笊のようなのでしょう。

産みの性は産みながら、成り上がった形成を再びもとの渾沌に戻そうとしているのです。母性とは「毛をなびかせて走る」恍惚と不安ですね。

（『恋のうた――100の想い　100のことば』一九九五年創元社刊）

なんでやのん

ああ
のどをすべりおちてゆく
胃の腑のなかの
なんまいだぶのような
ぬくい
猫の
にこ毛
（「猫」）

とある日、ノートに書いた。

なんでやのん？　なんで猫が「なんまいだぶ」ですのん？

なあ、おみィ。

もうせんオーストリアに行ったとき。美しい町のカフェ・テラスで私はコーヒーを呑んでいました。

かの国の西洋婦人達もテーブルを囲み、はなやかにお喋りしている。

チロチロチロ
チッチッチッ
キッ
ファファ、というふうに。

分かれへんのです。私には。私もひとりの所在なさで聞くともなしに耳を傾けているのですが、なんのことはない。小鳥のさえずりに等しい。

なにぶん、外国語ですので。

でもその時、ええなァと思いました。分かれへんというのは、ええことやなァと思いました。

なんでやのん？　と私もつねづね人一倍の好奇心。なんでやのん？　と聞きたがり知りたがり分かりたがって。うるさい子やなァ。そんなこと知りまへん、とちいさい頃はよく叱られた。

知らん！　という闇があってこそ、こころ豊かというものやと今日はおみィと並んで座っています。なあ、おみィ？

子離れの女、男離れ（？）した女が犬や猫を飼うのはストレス解消にもよいことだ、とどこかのエッセイが言っていましたが、それは違う。犬や猫は子や男の代用にならへんからこそよろしいのですやんか。

そうです。猫は言葉が分かれへんからこその猫であって、言葉が通じないのでウチら、「探り合うてますねん」。

ふふふ　ふ。

南無阿弥陀仏《なんまいだぶ》、みたいなもんです。

（『よろしゃんナ――猫阪大阪辯歳時記』二〇〇〇年ビレッジプレス刊）

さよなら

先生。始祖鳥ッテナンデスカ。

太古ニイタ。

巨キナ。鳥ダ。

と或る日、ハガキいっぱい斜めの字の速達がきて私はびっくりした。

差出し人（？）は始祖鳥。住所もない。（考えてみればもっともなことだが）消印は平成二年五月二十五日。センセイ？　私をセンセイと呼ぶひとにそんな無躾がいるだろうか。いいえ。思い付かない。ひたすらキモチワルイ。

すると、またきた。

ボク。イマ。

ウィシャル。カム。アゲン。

アノ歌ウタッテイマス。イマ。
吾レワレハ。カナラズクル。ト
始祖鳥
（五月二十八日付）

もちろん。
始祖鳥は小野十三郎である。
もう！　センセ。なんてことしやはるのん。
その頃、平成二年はなが年、ほんとうに仲良く暮しておいでになった寿枝子夫人を亡くされて小野さんがいっとうさびしいときであった。センセイは昼間寝て、夜は起きていらっしゃるという生活でいっそうさびしかったのである。夜は大きな声で歌をうたうとおっしゃっていた。

小野十三郎
いま、We shall come again
あんた、歌っていられたでしょう。
この歌が、いまあなたの頭の中にあって
あなたに、詩を書かせています。
わたしには、きこえますの。
この歌は、未知のコトバさがしを結行《ママ》させる励ましの
歌になっているのですね。
この歌に、わたしもはげまされたいわ。
わたしは、いま、眠っていますけど、
この歌、夢の中にありますの。
あなたはやっぱり眠れませんか。
もう、お気のどくとは言いません。
この歌が、
深夜のあなたの頭の中にあって
わたし、うれしいわ。
どうか朝まで詩を書きつづけてください。
いま、あなたのところに行きたいのですけど
おじゃまになりますわね。
いや、来てくれよ。
来て。

この詩は原稿用紙に（大阪文学学校・葦書房用の）書か

れていて。速達ハガキ事件のあとで頂いたものだ。ちょっと乱れていて。不明なところもあるが、小野さんはこうして夜半、ひそかに寿枝子夫人と語り合っておいでになったのではないか。なにしろ「夜、暗うなったら三井クン、オバケ出てくるでェ」とお言いになる小野さんはおやすみのときも電気をつけっ放しで「寝るねん」ということだったので。

終夜あかあかとともる電燈の下の小野さんを思う。

かあちゃん。

先生は妻をこのように呼ばれ、かあちゃんは先生をお父サンお父サン。いっぺんでも多くお父サンと呼ばねばソン、とでもいうように。

お父サン。もうちょっとこっちおいなはれ。

お父サン。お茶、こぼれまっせ。

お父サン。寒いのんとちがいまっかと、それはまるでもう、打ち重なるようなお暮しであった。寿枝子夫人が病まれると、「オレがちゃんと看てやる」と断固宣言の先生に従って夫人は住み慣れた阪南町の家で終熄された。夫人を見送られる先生の痛ましさはいまも目に残っているが、残るというより私は先生の嘆きを見るのはとても耐えられなかった。だから連続しない短かい時間、ヒョイヒョイと先生を訪ね。夫人の死後に始まった超、ヘビースモークの吸殻の始末をしたりその焼け焦げの心配をした。

けれども。

その時期が過ぎると先生はピタリと寿枝子夫人のことを口になさらなくなった。で、私も「奥さんがあのときね」などという思い出話をしないように心掛けた。

でも、或るとき。

先生、ほんとに奥さんのこと、ふっつり言わはれへんのねえと言ったことがある。すると先生は、

いてへんねんさかい、アカンとおっしゃられた。

いてへんのんはアカン、のである。

あっけらかんとして明るいのである。

私は根っからの大阪人でリアリズムは骨身にシミている。

小野さんはそれが時代の通過地点になった著書『詩論』の中で、「量には量をもって」と言われた。物量、

つまり量ることから始まったはずの近代にまず最初に寄りそったのはリアリズムである。リアリズムはそれが眼を持ったとたん、就中、先生のお言いになる「倫理を恢復」し。わずかに体液をもらしながら。そこに言葉を招き寄せたのではないかと私は思っている。

小野十三郎の詩は物量に抵抗軸を差し入れることで回天したのではないかと思う。

明るかった日々が目に浮かぶ。

さよなら。

柩の中の先生に会ったとき。ながい間有難うございましたと私ははじめて言い。けしきが潤んだ。

（「樹林」三八五号、一九九七年一月、『風土記』二〇〇三年深夜叢書社刊）

トウスミトンボ

小野さんが亡くなられて二年、いえ、この十月で三年になる。嘘のようなといえば嘘のような。

亡くなられる年の六月ごろは「三井クン、百マデ行くデェ」とおっしゃっていたのが食欲もおとろえた。トンチャン（次女、敏子さんの愛称）ヤキメシ、と機嫌よくご注文だったヤキメシも要らなくなり、微熱があるのですよと看護の娘さん達が心配される日もあった。

それでもその年も。七月二十七日の誕生日には内輪のお祝い会をした。鯛は小野さんが愛着であったミナミの喫茶店ルルのママが毎年、黒門《くろもん》（市場）から焼きたてを運んだ。

でも、もうほんのすこし。

あんなに好きだったビールもちょっと口を付けられるくらい。タバコには火がついたかしらというくらいを吸っておいでになったのだが。

十月に入ってまだ残暑が残っていた八日の午後一時五十分。お昼ご飯を口にされている最中、ふっと表情が変わられたということであった。九十三歳と七十三日であった。その日は偶然のように次男の浪速さんが来合わされていたし、虫の知らせのように寺島珠雄さんが玄関に入られたのとほとんど同時ということであった。寺島さんは晩年の小野さんをずっと世話されたのである。

そんなことを思い出しているとキリがない。

私は十七、八で詩を書き始めたときから小野さんのそばにいて「詩」を学んだ。詩というものがどんなものなのかいまも分からないが、考えてみると詩は「生きる」ということであって、生きることがどういうことか分からないように詩もまた「在った」のだとしか言い表しようがないのである。

小野さんと共に在った日々。

あれが詩だったかもしれない。あの姿が詩人というものだったかと思うなかで。しかし、詩人との話し合いの中ではいつでも「言葉」というものがちいさい蛇のように泳いでいた。私達はときに稲妻のように泳ぐ蛇を眺めたり、尻尾を摑まえたり。それでそのことが楽しくて笑い合い。安心もした。

その小野十三郎を記念してこの春、小野十三郎賞が設立された。小野さんがながらく校長であった大阪文学学校が勧進元である。私達は小野さんの没後まもなく小野十三郎記念「葦の会」を立て、「蜻蛉《せいれい》忌」と名付けて小野さんを偲ぶ会を開いた。蜻蛉は小野さんが晩年、ボクはトウスミトンボになりたいと著作集完結と長寿をお祝いする集いで述べられたことに由来している。

大阪は商人の町でリアリズムの通底した土地だ。小野十三郎は大阪の風土を生きた人だし、私達は小野詩論に出会ってのちを共に生きたのである。小野さんがいまも私達と共にある——そんな思いがこのたびの小野十三郎賞を生み出したと言えるだろう。

「賞？　ソンナモン。アカン」と生前。そんな話が出たときには断られた小野さんだけれど。いまは時を得ているのではないか。

（「聖教新聞」一九九九年六月八日、『風土記』二〇〇三年深夜叢書社刊）

作品論・詩人論

三井葉子のすがた

──『まいまい』評

石原吉郎

やみ

　某日、小雨のなかを国立博物館を訪ねた。雪舟の「秋冬山水図」があると聞いたからである。なぜ雪舟を訪ねるのか。あるいは、ひとみなが、おそらくは海へと向かうその渇きが、なぜ蕭条たる山水へと私を向かわせるのか。あるいは幽谷とその懸崖に。問いは何年ものあいだ、ほそぼそと私につづいていて、そのつど私を、場ちがいな場所へ引きよせる。

　めざす山水は見あたらず、思いがけぬもののように正宗の刀身に向きあうことになった。およそ斬撃の一念へ向けて打ちぬかれたにせよ、刀身は意外にあたたかく匂った。窓ごしに流れこむ濡れた光が映えたのであろうが、私はそのかがやきを闇ととった。照りかえるのは、ひかりがものに映え、呼びもどされるように立ちかえるその裏がわのやみである。

　あるときの三井葉子の手紙に、「かくごをきめるのは、いやでございます」とあった。およそむなしいと承知のまま、なお日常への姿勢という偏見に執しつづけて来た私は、置きわすれるようにして、覚悟の枠をぬけ出てくるさまに、足もとをすくわれる思いをした。

　そのとき唐突に私が思ったのは、男と女がそれぞれに踏み出したいく歩かののちに、おもい返して立ちかえる闇の深さとそのあたたかさである。しょせんは男の闇も、おんなのやみも、おのれがあたためる深さでしかない。

　おもいがけぬもののように出あった刀身の闇は、もはやおんなのかかわらぬ闇である。しょせん男であってみれば、おんなのやみははかりがたいと、ひと言にしてすむことなのか。化生の橋をほそくかけて、おんなひとりがわたるやみである。おなじ廻廊のそのつづきに、低くかかげられた黒塗りの櫛を、私は見るようにして見ずにすぎた。

　男のむざんはさらされて、ひとの踏むままである。おんなのむざんは踏まれもせずに、置かれたままである。

三井葉子の詩を読むとき、まずおもいうかべるのは、彼女のむざんのそのような置かれかたである。覚悟はきめぬとつぶやくとき、情念はその位置で安堵する。

無明

無明もなく　また無明の尽くることもなし——般若心経

ないようで、そしてあるようなものは、おんなの業であろう。あるいは無明といってもいい。男の無明は確然とある。男は無明を恥ずるのに、おんなは無明によりかかる。のがれおわせぬと知るからである。男の無明は断ちおとせば、さらに確然と無明がたちあがるが、おんなは無明へとさらに橋をわたす。

三井詩のすぐれた魅力のひとつは、未完のおもいを行端へのこすその連用止めであろう。それは、絶え入るまでに細りながら、つぎの行頭へかろうじて爪先をおろす。ふたたびゆるやかな、情念の下降がはじまる。無明へ橋をわたすのである。素足がわたる橋をわたす。

とだえて、とだえきれぬもの。細まりつつも、嫋嫋とありつづけるもの。まさしく、この国のおんなにゆるされた情念のありようである。未練ということをいのちのように語りついだ、この国のうたの系譜といえるものに、三井葉子もまたしかとつらなる。それは想いにあってつらなるのではない。ことばにあってつらなるのである。というのであれば、彼女もまた、正統の座にひざをふみいれたというべきなのか。情念がおもむろにかたちをととのえて、居ずまいを体してあらわれるさまを、ただおそろしいもののように私は見た。そして一篇の詩を終るとき、居ずまいのように彼女は句点を置く。確然とそれを置く。余韻を封ずるためである。余韻から余韻へと、たとえわたりついだにせよ、ことばがとだえたさきのやみへ、余韻がわたるはずがないと思いさだめているもののようだ。覚悟はせぬというひとの、覚悟のさまをみるようである。

よびもどし

「泣いている」から

架けたりないはなの茎の短かさのように
架けたりない短かさを

かたちないあなたにかける
傘をかける

「はなの傘」から

彼女の詩にきわだっていることのようなパターン（すがた）は、なお限りなくあげることができる。いちどはわたり終えた橋を、いちどは還ってみる。ひとたびはたもとへ置いてきたことばを、待ちかねるようにして呼びもどす。そうせずにはいられないほど、ことばがいとおしいのであろう。それは、ものをあいだにさしはさんだ双つの手のひらのようでもあり、たすきにかけたあやのようでもある。ことばあそびと呼ぶのはまだはやい。ことばあそびは彼女の本音であり、纓纓たる逍遙がやがて本音に移るのは、まだそのさきである。ことばとのねんごろな、そして必死なあそびがはじまるのは、さらにそのさきである。

ことばは、おそらくはむなしい。だが彼女にあっては、ことばの以前のそのすべてがはやくもむなしい。そのむなしさのひとめぐりの果てで、ことばだけが、不意に彼女に真実となる。救いがたくそれは真実となる。彼女がことばに、そのおもいを託すのは、このような円環を見さだめてのことであろう。ことばに賭けるのではない。ことばに、ねんごろに託すのである。ことばにおもいを移すことの、これほどのていねいな例を私は知らない。

すれちがい

すれちがいの無念さは、彼女にあってはすでに美学に達している。というよりは、みずから巧んだすれちがいに、つまづくさまをうらむかにみえる。ことばと生ま身のすれちがいの位置で、いずれからともなく無言で託したものを、いまさらことばに返すものという、無念のおもいがまずあって、ことばははかないもの、それだけのもの、だがそれだけのものにもせよ、託するものを託すからには、かならずおもいをとげようとの、一念に似たものが、あてどをうしなって還ってくるその足もとである。その足もとから不意に、えん然と詩人は立っている。

四七・五・二三

（「風」四十四号、一九七二年七月）

三井さんの「女の強さ」

永瀬清子

三井葉子さんの詩集『畦の薺』について私は「彼女の詩はどんなにしても関西生れの色よい女性の詩であって、しかもこの題名が示すように庶民の生活の匂いがうっすらとただよい、それが現代の現実と云うより、もっと何代もつづいている『何度でもきゅっと絞られてきた（女の）春秋』をいろどっているようにみえる」と書いたが、こんどの散文集をみてもやはり当っているように思う。

但し、彼女は女の生活を、暗い圧迫されたものと受けとっているのではなく、いつでも気随《きずい》な明るさをその身にそなえていて、何かの会合で男女ががやがや云って話し合っている時、美しい身にあった着物を着た彼女がにっこり入ってくると、とたんにぱっとそこらが柔かに空気が変り、何とも知れぬ快い華やかさがただよいだす。それが一度ならずの私の体験で、彼女の根っからの色合いなのだ。

彼女は近代的な教養や意識を身につけてはいながらも、いつでもその土地の生れつきの感性と生活をにじませ、却って今の「現実」をのり越える、おどろかす、「うーん、そうか」と思わす。

教えられた何グラムではなくて、彼女自身の智恵から出た目分量の匙かげんがぱっとおいしい味つけをする。

私が幼い時くらした金沢という所が、かなり関西風文化の古い土地柄だったので、その気分にはなつかしいものがあり、こまやかで物をおろそかにしない温かさにすぐ魅きつけられるのだが、私自身は彼女と相反する生れつきから、理屈っぽさや頑固さからどうしても脱け切れない。一番ちがうのは彼女の「楽しさ」が、つまりは女性としての魅力の根元になっているのに、又それが彼女の「愛らしさ」にもなっているのに、私はそうはいかず、そこで彼女にどうやら嫉妬している塩梅。

その「楽しさ」の反面、彼女には、すばらしく物をよく見る眼があり、それが彼女の書くものをなみなみならず新鮮にしている。

あやまたぬ「勘」の力と云うのも彼女がよく見ている

からで、彼女自身も「言葉のうしろに運動や動作がみえなければよく感じが傳わらない」と云い、いつもその用意を怠らない。「男の議論は誰かが聴いていていてくれると思って叫んでいるし、女は聴いて貰えない（理論的ではないから）所から組みたてられ、ひとりでに母であり」などという事は全く彼女らしい観察で、つまりは「男には母が要る」という事でもあり、「このところ男が少くて、坊ちゃんが多い」とぴしゃんと批評する事にもなる。

　彼女はどこをとっても「女らしい」が、その意味は「なよなよ」ということではなく、直観力にとみ関西の地に深く根を張った「強さ」にほかならないのだと私は思う。

（『二輛電車が登ってくる』栞、一九九〇年エディション・カイエ刊）

不思議な無欲――『灯色醱酵』によせて

粟津則雄

　三井葉子さんの詩は、軽やかだが、軽くはない。それどころかそれは、時としておそろしく重いものを垣間見せてくれるのだが、それがしつっこく居すわって、あいまいな重苦しさを生み出すことはない。この重いものは、まるで自分の重さを恥じらってでもいるように、たちまち身をひるがえして、ことばの流れのなかに溶け込んでゆく。そして、ことばのひとつひとつに、あるいはくっきりとした、あるいは微妙な表情を与えることによって、その軽やかな流れを、支え、推し進めるのである。

　三井さんは、ことばを、むりやりみずからの支配下に置こうとはしない。だが、それらを、それぞれの意志と欲望のままに、勝手気儘に動きまわらせようともしない。ことばに極端な圧力をかけ、あるいは逆に極端な自由を与え、それをバネにして想像力の展開を目指すという試みはしばしば見られるのだが、三井さんの詩はそういうものではない。彼女は、不思議な虚心をもってことばを見詰める。そのような彼女のまなざしに見詰められたとき、ことばは、それまでそれと気付かずに身を守ってきた硬ばった警戒心を捨て、それぞれがその奥底にはらんでいるものを、おのずからあらわにせざるをえないのだ。

これは、ただそれまで秘められていたものがあらわになったというだけのことではない。秘められていたものがあらわになったことで、ことばのひとつひとつが、その意味合いと色合いを変える。そして、それぞれ他のことばと新たな関係を結ぶのである。そして三井さんは、のびやかでみずみずしい日常のなかでそれらのことばが自由に動きまわる姿を、いかにも楽しげに見守っているようだ。

もちろん、この日常は、ただのんびりと身を委ねて居られるようなたちのものではない。一見何ごともないようだが、実はここかしこに、さまざまな驚異や飛躍や陥穽が待ち構えている。しかもそれらは、なかなか一筋縄で片付くような代物ではない。落し穴に気が付いて飛びこえてみると、着地したところが本当の落し穴だったりする。そうかと思うと、対象の謎めいた手触りが、触っているうちに、ごく平明な、あるあたたかさのしみとおったものに変ってゆく。何かなまなましい情念が積め込まれたような気配が、一瞬にして、からりと乾いた透明なものとなる。

こんなふうに言うと、三井さんの詩がいかにも巧みに巧んだものであるように思われるかも知れないが、いや事実巧みに巧んだものであるにはちがいないが、そこには、巧みさということに執したようなところはない。そういうことから発するあいまいな粘りといったものはいささかも感じられない。三井さんは、彼女自身の、また彼女を取り巻く人びとの、欲求や欲望や情念を、およそ斜に構えることなく虚心に迎え入れているが、そういう彼女の姿勢を支えているのは、ある不思議な無欲である。この無欲は、何かを拒み、何かを否定することによって成立するものではない。進んでものにとらわれることによってものを奥底に向かって突き抜けたとき生まれ出るものだ。三井さんの詩には、そういう無欲そのものを核とすることによってはじめて可能であるような、欲求や欲情がしみとおっていながらまことに自由なことばの動きが見られるのである。

三井さんは、「灯色醱酵」という詩のなかで、「善人なをもちて往生をとぐ。いはんや悪人をや」という親鸞のことばを引いて、「このお文章に出会ったのはわたしには大事件であった。どうしたら生きられるのか分からなかったわたしのむねに、とつぜん灯がついた」と書いている。継いで彼女は、この発見がはらむ意味合いを「価値を作るのは世界を作ることである」と規定し、「虚構に出会ったのよ」と人に言ったと述べている。そしてさらに、「そんならわたしも生きられると十八のわたしは思った。生きられる、ではなく生まれられるとわたしは思った」と書いているのだが、十八歳の三井さんのこのような発見やこのような思いは、この詩集において、その本質的な構造として、見事に熟したかたちで生かされていると言っていい。


（『灯色醱酵』栞、二〇一一年思潮社刊）

無明の底

財部鳥子

二〇一四年一月二日、思潮社のTさんから、三井葉子さんの訃報をきいた日、私の胸に霹靂が走った。しばらく驚きに圧倒された。

私はほとんど毎週、午前と夜に三井さんに電話をかけていたが、だれも応答しない電鈴にようやく疑問を持ち始めていた。外出がいくら多くても、こんなに長い留守は変だ。いったい三井さんは何処へ行かれたのだろう。とんでもない所へとつぜん出掛けてしまう人だからなぁ、パリで昼寝か、などと暢気なことも考えていたのだったから。

二度と帰れぬところへ旅立たれたと知らされて、私は手足の落ち着くところがないような気持になった。

三井さんのお宅へ電話をかけた。すると二カ月余りも受話器を取る人のなかった電話に人が出た。しかし、当然のことながら三井さんの声であるわけもない。応答に出られた方がどなたかを聞く暇もなく、お悔みも言わずに、一体どういうことですかと質問していたのも、やはり動転していたためのご無礼だっただろう。その女の方は、「三井は十月ころから入院しておりまして、このことは誰にも告げるなと言っておりました」と言われた。

＊

思い出せば昨年九月のはじめ、三井さんは私にビールを二ダース送って下さった。じつは七月にも頂いた。これはお中元と思いお礼を言ったけれど秋口のビールはなんだろうか。その夜に三井さんにお礼の電話をした。

「あ、ビール？　わたしは飲まんけど鳥子さんは好きやんか。あはは」と笑って理由など言わないのが三井さんの流儀である。

「好きよ。ビールを飲むのが一日の一番の楽しみだもの。有難う」

「いま膝の上で詩を書いているんよ。いくらでも書けてしまうんの。どうしてかなと思うわ。もう一冊分書いてしもうて出版社に渡してある」


私は驚いた。二年前には思潮社から詩集『灯色醱酵』を出したばかりではなかったか。そしてそのあとには句集『栗』が出ている。

「いいな。年取ってから溢れるように詩が出てくるなんて、このまえの詩集もよかったし、句集『栗』もよかった。その中の好きな句をいま言うとね《敵味方ひと臼になる餅の花》。これはいいわ。三井さんでなければ作れない」

それからひと臼になった敵と味方の話を三井さんはながながとした。これはいわば悪口であまり気持ちよくないので、私は聞かないふりをする。すると三井さんは、今度、現代詩文庫に三井葉子詩集が入るよ、と言った。うれしそうだ。私もうれしい。

「よかった。ずっと思っていたの。三井葉子の現代詩文庫は遅いなぁって」

「遅すぎる」なんて不吉なことを私は言った。

この夜が三井さんの声を聞いた最後である。三井さんの詩集『秋の湯』が刊行されたのは九月三十日。その日付に彼女の意思を感じる。「これは、私の置土産や」とでもいうような。

＊

私が三井葉子の詩を読んだのは東京で田中冬二を来賓に詩集『たま』の出版記念会が開かれたとき。私は石原吉郎に連れられてそこへ出席した。石原さんは彼女のファンだった。『たま』を読んで私は三井葉子の詩の言葉に戸惑った。この典雅な詩集は平安の古物語のなかの散逸したり、虫食いがあったりする文体に似ていた。優美さと、リアルな肉のイメージがぼんやりと浮かび上がる。それは忘れられないような不思議な魅力だったが、私はここでそれを言いあらわせない。

「脱いで　きようも脱いで　脱ぎおとして／それが稲づまのようにあなたを破れでて／かかっているのを／干している。」なんて。

これはイミを言うてないの、詩の言葉なんやからな、と三井さんは言うだろう。このような文体は『沼』から『たま』に至って確固としたものになったのではなかろうか。

古物語の文体を引き締めているのは煙のような男女が天と地の間に存在することのリアルだが、そこへ老いや死が滲んでくると女は無明の底だと思っている三井葉子の詩語は俄然凄みを帯びてくる。

「火屋の寝台の上で／／まっすぐに寝て／まっしろな骨はそのままで／／頭蓋骨の次はのど／のどの次は胸／手指の関節はひい　ふう　みい　よう　いつつ／並んで足のさきまでまっすぐにのびている／／わずかに煙っているのは／／花／花がもえたあとですと　火屋の男が教えている／／ああ／すっぱだか／／まっしろ」（『句まじり詩集　花』から）

最後の詩集『秋の湯』のタイトル詩は石原吉郎が溺れて死んだ湯についての思い巡らし。「しずかにしずんだのかもしれない葡萄いろの湯」が石原さんの手紙と重なって圧巻だ。

（「現代詩手帖」二〇一四年三月号）

「さん　さん　と」――三井葉子の転回点

鈴村和成

一九九四年刊、三井葉子の十三冊目の詩集、『菜庭』の「あとがき」に、こうある。詩集に登場する猫の「おみィ」の懇切な紹介があった後で、――

「そんなことで綻びましたものか、大阪弁の多い詩集になりました」

例によってさらりと書いてあるが、この一行は三井葉子の詩の履歴を考える上で核心を射る体の重要なものだ。

じっさい、彼女の詩集を初期のものから読みすすめていくと、『菜庭』にいたって、大きく変貌を遂げていることに気づく。

いちばん見やすいことでいえば、彼女は『菜庭』で大阪弁を多用しはじめたのである。

そもそも、表題の『菜庭』が「浪速」にかけた言葉遊びになっている。前記「あとがき」には、――「なにわは大阪の古名で、ナニワのナは菜っ葉のナ、魚《さかな》のナです。［……］ニワは庭。広い場所を言います」と文字通りの〈解題〉がなされている。

それと同時に、彼女の詩に――同じ「あとがき」の言葉をかりれば――「綻び」が生じた。

綻びが目立ちはじめた。

――といえば、悪い意味にとられるが、そうではない。この綻びは詩集の「あとがき」の言葉だから、謙譲や自嘲の言葉ではない。むしろ自恃の宣言である。彼女は誇らかに、しかし奥ゆかしく、簡素な言葉で、宣言している、――この綻びを見よ、と。

三井葉子の詩に何かしら由々しい事態が生じたようだ。何が起こったのだろう？

いくつかの異変が考えられる、――

一つには、猫の「おみィ」の闖入。『菜庭』の巻頭詩「あしあと」に、そのことはすでに明らかである。

猫のあしあとは
梅のはなびら

わたしは下駄で　二の字　二の字

あしあとに
梅が散って
いい日だね
と
言うと

あとから付いてくるはなびらが
ウフン
と
鳴く

これ以後、三井詩に猫が頻出し、とともに、大阪弁が頻出する。彼女は俳句をものするが、「そんならと猫化けの出る春芝居」（『桃』二〇〇五年）、あるいは「鳴く耳にやはらかく立つ猫の耳」（『栗』二〇一二年）、あるいは「梅の木や猫甘へゐる舌みせる」（同）など、猫や梅や桜が上方の言葉で喋るようになる。

喋るだけではなく、鳴いたり、笑ったりする。楽しく、たおやかな、アニミズムの芝居が繰り広げられる。

猫と関西弁は相性がよいのだろうか？　そういえば、谷崎潤一郎の『猫と庄造と二人のをんな』でも、関西弁と猫が仲良く共存している。

猫と関西弁が、三井の詩に「綻び」をもたらした。もう少しいうと、彼女は『菜庭』とともに、従来のお行儀のよい行分け詩を棄てたのである。崩れて、乱れ出したのである。「わたしは交《ま》ざる」という一行があるように（『菜の花畑の黄色の底で』〔二〇〇二年〕「アフリカ」）、混雑した詩を書くようになった。行分け詩のいかにも現代詩らしい作風を離れ、話体と雑談からなるfragmentsによって、詩を〈脱構築〉しはじめたといってよい。

後になって、二〇一〇年の詩集、『人文』の「あとがき」で、彼女はその間の事情をこう端的に説明している、

――

「詩というものが好きだ。定型詩でもないし散文でもないひとかたまりの芥《ごみ》のような自在で、つまり。わたしを強制しないし、ひとかたまり集まって五目《ごもく》めしのようだ

し、吹き寄せのようだし、花籠のハナ？／わたしはそのような掻き集めをしていたのだナ、と思い。よかったなァと思うのである。［……］」

ここには三井節ともいうべき、融通無碍で自在なスタイルがある。いわば綻びだらけの衣裳《ドレス》である。「つまり。」とか「思い。」とかと、普通なら読点を打つべきところで句点を打ったり、「いたのだナ」と、普通なら平仮名にするところを片仮名にしたり、これは必ずしも大阪弁と称すべきものではなく、三井弁とでも称すべきものだろう。

そう、彼女は『菜庭』の頃から、巧みに大阪弁を自分の文に取り込んで、三井弁を編み出しはじめたのである。そうして彼女はそこに自分を発見したのである。

「芥《ごみ》」とか「五目《ごもく》めし」とか「吹き寄せ」という言い方は、金子光晴が遺稿詩集『塵芥』に次のように書いたことを思い起こさせる、——

「『君は、いったい何者だい？』『人間さ。金子光晴とい ふ名がついてゐるが、要するに、歴史の塵芥で、蜈蚣《むかで》や蛆《うじ》の繁殖の場だ。そのほかになにをきいてもいいが、そして適当に返事もするが、実態は、よくわからない。俏《やつ》しにすぎないからね、みんな』」

むろん、金子のおどろおどろしい自棄の表現と、三井の控え目でなまめいた表現とは、天と地ほどに違う。名古屋人の露骨さ（金子は名古屋近郊の津島に生まれ、生後二年で名古屋に移住し、京都を経て、東京に移り、吉祥寺で果てた）と、大阪生まれ、大阪育ち、大阪人の老獪さ、といってもいい。しかし、三井も金子も根っからの商人で、長袖流（公卿・医師・神主・僧侶・学者など）にはなじまないことでは似通っている。とりわけ、その「俏《やつ》し」の精神や、「もどき」の流儀において、両人は相似している。

三井は金子と同様、ペンネームを用いるが、そのことでおもしろいことを書いている。ほとんど金子が書いたといってもよい自伝の一節である。題して『よろしゃんナ　猫版大阪辯歳時記』（二〇〇〇年）の「ふたつ名」。ここでも、猫弁と大阪弁の相性のよさが遺憾なく発揮される、——

「私は筆名と戸籍名が違うのである。／ええ、ふたつ名のオンナですというと、聴いた相手はカオにまで出さないが、おなかの中でキュウッと折れ曲る反応を示す。／ふたつ名は辞書には登録されていないが大阪弁で二つ名。異名のことである。『ふたつ名のオアニィサンだァ』などというと異名のほうが世間を通っているということで［と、その筋の者に通じるのも金子流］、まあロクなことではない。実社会で実名で実を尽くしているひとの対にあって、ふたつ名は実のほかに虚もありますということで。［……］

　およそ、ひとつというのが例えば、一言《いちごん》、一期《いちご》、一定《いちじょう》、一心《いっしん》、一撃《いちげき》。いずれもキッパリおそろしい言葉ながら支持を得ているのに比べると、ふたつは。

　ふた股、ふた成り、ふたり妻。ふた股かけてあのひとズルイんじゃないか、などと信用がない。でもねえ」

　というあたりから、ますます三井弁と金子弁は虚実併せ持つ瓜ふたつで、彼女はさらに、——

「ふたつ名のユトリに慣れた身としては『一億一心火の玉』なんかになれそうもなくて。よかったじゃないの、と思うのである」

　と結んでいるのは、まるきり金子が乗り移った口吻である。

　ご存じのように金子は「［先の戦争中］一億一心という言葉が流行《はや》っていた。それならば、僕は、一億二心ということにしてもらおう」と威勢のよい啖呵を切ったのだが、三井はここでまさに金子と「ふた心」を共有する。両者ともに、先の猫のあしあとを歌った詩にあるとおり、「二の字　二の字」と下駄の足跡を残して行ったようなものである。

　次の引用は、やはり猫の「おみィ」が登場して来る『菜庭』からで、「秋の山」。「二」ではなく、さらに複数化が進んで、「さん　さん」と、彼女の筆名にもある「三」の効用が歌われる。

　三井葉子は孤高や純潔、処女性に持することなぞ屁とも思わず、「楽市楽談」と賑やかな、市場《いちば》に住まう群集の人（ポー）なのである、——

　　おみィの着肌は　一生毛皮が一枚です
　　着くたびれても着替えません

とっかえひっかえ　オヤマはんみたいに着物着替えはるもんやおまへん　とばあやはわたしを叱《ひか》って言いました

一の敷居をまたいで
あとは　ね
と
帯を解き
私は寝ながら
生駒の山のなだらかな稜線を見ています

なあ　おみィ
一枚散ったら
あとは次から次へ散るのんよ
散るもんは
みーんなゆれて散るのやし
二枚
三枚

さん　さん　と重なって秋のお山になるのやし

（2014.4）

「ひょうきん」の発見

井坂洋子

三井さんが亡くなってから、初めて詩を精読する機会をもった。生前お会いしたことがなかったからこそ、書き手のそばにすなおに座れるということもある。純粋に詩作品や散文に向き合えるのはとてもありがたい。詩の後ろにいる作者の貌《かお》が見える気がするし、実際当人に会った印象よりはるかに深く、それはその人の内奥の貌ではないか。

三井葉子の初期の詩には、恋の詩が多い。恋に憧れて詩を書く——思春期のころの私の詩へのとっかかりも、そんなものだった。ようするに、恋に恋している状態だ。それは肉体を消すような具合での夢想だった。

三井葉子の恋は、後ろに肉体のつながりが控えている。奈落までおちていけるような大人の夢想である、美男好きというより、恋というものが好きなのであって、そういうイミでは恋に恋する十代の詩の、ものすごく洗練された形なのだろう。中古文学の教養があり、光源氏をモチーフにした作品もある。

しかし恋にまつわる書き手ということで終始してしまったのなら、私のような野暮な読み手には距離のある詩篇だったろう。三井葉子は恋情の〝情〟をねじろに、さまざまな域を超えていく。母を思う詩、父を偲ぶ詩、主人公を自分でなく設定する場合もあって、「弁当」という一兵士の詩など、胸に迫ってくる。恋の浮橋から地上に降り立ったかに見せかけて、たとえば『日の記』という詩集があるが、その「日」は「火」に通じる捉え方である。

三井葉子は生い立ちが複雑であり、それをエッセイなどで幾度か語っている。彼女を詩に向かわせたひとつの動機ともなっていて、たんにプライベートな問題として片づけられない。

『つづれ刺せ』（一九八七）というエッセイ集から、多少長いが引用する。

「或る日、わたしは村の道で母に出会った。そのひとをわたしはおばさん、と呼んでいて、たくさんいる父や母の姉妹のひとりだと思っていた。わたしは生まれてまもなく乳母がついたまま父の弟の家に養女に出ていた。そんなことを露知らずに大きくなったのだが、七つ八つの頃、たまたま道ばたでそのひとに会った。その時、そのひとは青い新橋色に白い細い縞の入ったセルの単衣物を着ていて、どこに行くの？　とわたしに声を掛け、わたしはこんにちは、と言った。

それだけのことなのに、そのことをくっきりと覚えている。なんにも言わなかったのに、わたしがお母さんですよ、と言った風が吹いていたような気がする。思えば縁というのはそれほどのことで、その上はもうないのだという気もする」（「作る」より）

記憶というのは詮無いもので、どうでもいいようなある一瞬がこびりつくこともある。この記憶もそれにすぎなかったかもしれないが、実母だったことをのちに知り、必然の一瞬だったと回顧している。道で出会っただけの変哲もない場面を、書き手はたびたび反芻したことだろう。このひとくさりの文章を華やかにしているのは着物の詳細な描写である。瞬間の感覚的把握力は詩の書き手の能力のひとつだ。また、引用した最後の一行など、さらりと書いているがスゴイことを述べている。これも瞬間把握なのかもしれないが真理を追求する詩人なのだ。

養父母に可愛がられて育った彼女に転機が訪れたのは十一歳のとき。慕っていた養父が亡くなる。たぶんまだ実父だと思っていただろうと思う。エッセイ集『風土記』（二〇〇三）にこう書いている。

「養父の死によってわたしは無いことが愛であると思う心を持った。その心で、わたしの肉体を生んだ生母が一年にもみたない子を離した、その痛みのあるところ、切れるところもまた愛、とより呼びようがないと思う」（「善人なおもて」）

三井葉子は時に詩を凌駕するほど実のある、独自な言い回しの文章の達人で、うっとりする。本文庫に収められた「石原吉郎へ」は（平凡極まる言い方だが）珠玉の一篇だ。私はこれを読んで彼女の生きた悪い時代、振りかかった非情な運命までもうらやましいとすら思った。「善人なおもて」というエッセイは、プライベートな問題と、彼女の詩なるものとの繋ぎ目を語った文章であるが、複雑な生い立ちであったからこそ、考えぬかねばならなかったのだ。それがよくわかる。書きだしはこうである。

「わたしが詩を書くのは受肉のためである。心は肉を生むことができない。肉は肉体からより、生むことができない。わたしは生みの親を離れたが、そのあとは人の心の親切の中で育った」。その「心」が受肉するために、三井葉子は一行の言葉を創った、という。「一行を書くのは、わたしに失われた肉親の回復だったろう」と。

「心がすくなくても済む肉親」への渇望が彼女に「言葉」を促した。ゆえに、その詩は自分の「肉」の領域という考えに、びっくりする。重い手荷物をぎりぎりのところで手を持ち替えるように詩を書いている。しかし、それにしては、彼女の詩は読み手にあまり負担を与えない。

「履歴」という、母が「わたし」を手放すことをいつ決断したのかをめぐっている詩も、まるで映画のワンシーンのようで、淡々と静かに物語っている。重いことほど軽くという美学なのだろうか、切なさが極まった詩でありながら、「思い違いかもしれません」などとボカシを入れ、それが効いている。

しかし、これはテクニックの問題だろうか。それだけではないのだと思う。辛さを正面から見据えずに、椅子の位置をちょっとずらすのは、でなければ生きてはいけぬ、ということと、向日性といってもいいような性癖が混じり合ってただひとつの方途をとらせているのだろう。

たとえば「置きまどう霜」では、絶望ということばにも〝望〟が入っているという。絶望は、望みが絶たれたということではなく、絶という望みが入っている、というのだ。なんという読みかと思う。この作者は、いつもどこかに色艶を見出す。それは、彼女が生きていく上での必須条件なのである。

三井葉子の詩が、生活に基盤を置くことにためらいがなくなったのは、『日の記』や『畦の薺』あたりからだろうか。そこから『菜の花畑の黄色の底で』くらいまでが充実期ではないかと私は感じるが、「弁当」「履歴」「置きまどう霜」以外にも好きな詩は多い。舌を巻くのは、「赤い傘」(『風が吹いて』所収)のこんなくだりだ。

水を掻くと寄ってくる
時はゆらりとゆれて
鏡のようにぎらあっと光って寄ってくる
昔のこともそばにくると
今と同じね

引用の結び二行のテツガクには感心するが、その二行を手もとに引く前三行のイメージこそが、この詩人ならではの筆致ではないだろうか。眠っている脳細胞が活性化されるような鮮やかさがある。

「大根の花」（『菜園』所収）の結びも抜書きしたくなる。

ありふれた話と違います
ゆめまぼろしと暮すのは

時間や記憶についての思考にすぐれているのは、書くことで未生以前の（人類の）記憶や、幼少期の記憶を身を揺らせて呼び戻そうとしているためか。先に取り上げた「作る」というエッセイで、「人には重なるということはないのかも知れない。（略）記憶がもしも重なるとしたら、その重なりや連続は、夢に違いない、いつも過ちであるに違いない」とある。「夢」や「過ち」であるのに、それにすがって書かずにはいられない。

要するに、ここでいう「ゆめまぼろし」とは、虚構とのイミ合いがあるのだ。その虚構を握りしめることによって生き延びる。繰り返しの日々――繰り返しながら変化していってしまう日々に対して、かなしむのではなく、なだめる保身の術が、この書き手においては切実なものだったのだろう。反芻するのも保身の範疇である。まるで忍者のようだと思う。どうやって身を守り、身を隠すかということを必要にせまられて摑み、まるでタチとして自然に行っているように見える。時間からも外界からも、自身の業からも。

私は今回、現代詩文庫に収録された詩を全て書き写してみた。初期の詩の滑らかなことばの渡り方や、優れたイメージの切り取り方、読むだけでは気づかなかった精妙な点も、書くことによって分かった。書き写すたび、恐れにも似た気持ちを持ったが、後半、特に『句まじり詩集 花』以降、余白が多くなっていく。物事がはっきり見えてきて、それを書くようになっている。改行を多用し、一字あけや一行あけが目立つようになる。つまり詩に余白を作ってスカスカにしている。

「まっしろ」という傑作にもそれを感じる。生き死にの根源へ突き進んでいこうとするときに、この認識以外他に言いようもないではないか、というふうに、充分に間をとってしゃべっている。それまでは感傷や内的衝動で、間が埋められていた。何かが身から剝がれてしまったように動じなくなった。死を観念している。生まれてしまったことも同じく。それ以外の渦巻く胸のうち、煩雑な思いや事柄に身を置くのは、時間つぶしに過ぎないと言っているかのように、余白の海の間に、ことばが島のように浮かぶ。そういった詩の形を選び取っている。

しかし『灯色醱酵』は、現代詩やことばの問題など今までにないモチーフをも摑みとった、返り咲きのような詩集である。詩集中、いや全詩中、一番の〝気づき〟は、北斎の絵をモチーフにした「橋上」という作品。「いのち懸けを あ、そうか／ひょうきんというのだな」と思ったという、その鋭さ。「ひょうきん」ということばがここで全く新しい視点を持って浮かび上がってくる。ニンゲンが皆かなしいのは、ひょうきんだからか。偶然や運命に支配されたものの儚さを笑って死んでもいける、そんなことができるのはニンゲンという生きものくらいだろう。

思えば、この〝気づき〟は、「橋上」で鮮やかに記されているけれども、血となり肉となった彼女の文化的基盤を考えさせられる。その下地があって、詩を書いてきたのであり、彼女の全詩にわたって「ひょうきん」はしみわたっているのだ。この詩自体が北斎の絵のように「豪奢」な同胞讃歌である。

（2015.5）

三井葉子略年譜

一九三六年（昭和十一）
一月一日、大阪府布施市に、父・三井惣五郎、母・操の三女として生まれる。九月、三井市松、菊枝夫婦の養女となる。市松は惣五郎の実弟。

一九四五年（昭和二十）　九歳
戦争の激化に伴い、大阪府北河内郡四条畷に疎開。

一九四七年（昭和二十二）　十一歳
養父死去。

一九五一年（昭和二十六）　十五歳
樟蔭高等学校入学。

一九五三年（昭和二十八）　十七歳
大阪市立東高等学校編入。

一九五四年（昭和二十九）　十八歳
相愛女子短期大学国文科入学。小野十三郎の「夜の詩会」に参加。長谷川龍生、浜田知章、須藤和光らを知る。

一九五五年（昭和三十）　十九歳
詩誌「現代」を須藤和光らと創刊。

一九五六年（昭和三十一）　二十歳
山荘博と結婚。大阪府柏原市に住む。

一九五七年（昭和三十二）　二十一歳
長男、隆生まれる。

一九五九年（昭和三十四）　二十三歳
次男、次郎生まれる。

一九六〇年（昭和三十五）　二十四歳
詩誌「ブラックパン」同人となる。同人に右原厖、日高てる、足立巻一ら。

一九六一年（昭和三十六）　二十五歳
八尾市に転居。

一九六二年（昭和三十七）　二十六歳
第一詩集『清潔なみちゆき』（ブラックパン社）刊行。石原吉郎を知る。

一九六四年（昭和三十九）　二十八歳
詩集『白昼』（龍詩社）刊。詩誌「龍」（大滝清雄）に参加。

一九六五年（昭和四十）　二十九歳
詩誌「日本伝統派」を角田清文、沖浦京子らと創刊。詩誌「新詩篇」（平井照敏）に参加。
一九六六年（昭和四十一）　三十歳
詩集『沼』（創元社）刊。
一九六七年（昭和四十二）　三十一歳
詩集『いろ』（私家）刊、第一回田村俊子賞候補。草野心平を知る。
一九六九年（昭和四十四）　三十三歳
詩集『夢刺し』（思潮社）刊。
一九七二年（昭和四十七）　三十六歳
詩集『まいまい』（私家）刊。詩誌「風」（土橋治重）に参加。大阪文学学校講師となる。
一九七四年（昭和四十九）　三十八歳
詩集『たま』（風社）刊。
一九七五年（昭和五十）　三十九歳
大阪市立婦人会館で「朝の詩会」開講、機関誌「若葉頃」発行。神戸産経学園講師となる。
一九七六年（昭和五十一）　四十歳
詩集『浮舟』（深夜叢書社）刊。
一九七七年（昭和五十二）　四十一歳
『浮舟』で第一回現代詩女流賞受賞。詩誌「無限」に「わたしの伊勢物語」連載。安西均を知る。
一九七八年（昭和五十三）　四十二歳
詩誌「七月」創刊。大阪文学協会理事就任。
一九八一年（昭和五十六）　四十五歳
詩集『君や来し』（海風社）刊。
一九八二年（昭和五十七）　四十六歳
NHK文化センター、西武百貨店詩の教室講師となる。
一九八三年（昭和五十八）　四十七歳
選詩集『春の庭』現代女流自選叢書（沖積舎）刊。『三井葉子詩集』（砂子屋書房）刊。
一九八四年（昭和五十九）　四十八歳
日本現代詩文庫『三井葉子詩集』（土曜美術社）刊。
一九八六年（昭和六十一）　五十歳
詩集『日の記』（冨岡書房）刊。
一九八七年（昭和六十二）　五十一歳
随筆集『つづれ刺せ』（編集工房ノア）刊。大阪文学協会

理事長就任。詩誌「遅刻」創刊。同人に倉橋健一、直原弘道、寺島珠雄、山田英子ら。

一九八九年（平成元）　五十三歳
詩集『畦の薺』（富岡書房）刊。大阪文学協会理事長辞任。この頃柳町句会に参加。

一九九〇年（平成二）　五十四歳
随筆集『二輛電車が登ってくる』（エディション・カイエ）刊。

一九九一年（平成三）　五十五歳
詩集『風が吹いて』（花神社）刊。

一九九二年（平成四）　五十六歳
詩誌「楽市」創刊。

一九九三年（平成五）　五十七歳
大阪辯歳時記『ええやんか』（ビレッジプレス）刊。

一九九四年（平成六）　五十八歳
八尾市文化賞受賞。

一九九五年（平成七）　五十九歳
詩集『菜庭』（花神社）刊。養母死去。樟蔭女子短期大学講師となる。

一九九八年（平成十）　六十二歳
編著『恋のうた――100の想い 100のことば』（創元社）刊。

詩集『草のような文字』（深夜叢書社）刊。

一九九九年（平成十一）　六十三歳

『草のような文字』で第十九回詩歌文学館賞受賞。「山の上句会」（平井照敏）はじまる。

二〇〇〇年（平成十二）　六十四歳
猫版大阪辯歳時記『よろしゃんナ』（ビレッジプレス）刊。

二〇〇一年（平成十三）　六十五歳
『三井葉子の世界――〈うた〉と永遠』（齋藤愼爾責任編集、深夜叢書社）刊。

二〇〇二年（平成十四）　六十六歳
詩集『菜の花畑の黄色の底で』（深夜叢書社）刊。

二〇〇三年（平成十五）　六十七歳
随筆集『風土記』（深夜叢書社）刊。

二〇〇五年（平成十七）　六十九歳
句集『桃』（洛西書院）刊。詩集『さるすべり』（深夜叢書社）刊。夫死去。

二〇〇八年（平成二十）　七十二歳

句まじり詩集『花』（深夜叢書社）刊。

二〇〇九年（平成二十一）　七十三歳

『花』で第一回小野市詩歌文学賞受賞。編著『楽市楽談』（編集工房ノア）刊。

二〇一〇年（平成二十二）　七十四歳

詩集『人文』（編集工房ノア）刊。NPOやお文化協会主催「萩原朔太郎記念とをるもう賞」発足。

二〇一一年（平成二十三）　七十五歳

詩集『灯色醱酵』（思潮社）刊。

二〇一二年（平成二十四）　七十六歳

句集『栗』（洛西書院）刊。

二〇一三年（平成二十五）　七十七歳

詩集『秋の湯』（青娥書房）刊。

二〇一四年（平成二十六）　七十八歳

一月二日、肝不全にて死去。

二〇一五年（平成二十七）

現代詩文庫『三井葉子詩集』（思潮社）刊。

＊『三井葉子の世界』（深夜叢書社）所収「三井葉子年譜」、「びーぐる」24号「追悼三井葉子の世界」を参照。

＊本書詩篇の選択・構成は著者自身による。

現代詩文庫　215　三井葉子詩集

発行日・二〇一五年七月三十一日
著　者・三井葉子
発行者・小田啓之
発行所・株式会社思潮社
〒162-0842　東京都新宿区市谷砂土原町三―十五
電話〇三（三二六七）八一五三（営業）八一四一（編集）八一四二（ＦＡＸ）
印刷所・創栄図書印刷株式会社
製本所・創栄図書印刷株式会社
用　紙・王子エフテックス株式会社
ISBN978-4-7837-0993-0　C0392

現代詩文庫　新シリーズ

201 蜂飼耳詩集
202 岸田将幸詩集
203 中尾太一詩集
204 日和聡子詩集
205 田原詩集
206 三角みづ紀詩集
207 尾花仙朔詩集
208 田中佐知詩集
209 続続・高橋睦郎詩集
210 続続・新川和江詩集
211 続・岩田宏詩集
212 江代充詩集
213 貞久秀紀詩集
214 中上哲夫詩集

この時代の詩を深く模索し続ける新世代の旗手の集成版。解説＝荒川洋治ほか

張りつめた息づかいで一行を刻む、繊細強靱な詩魂。解説＝瀬尾育生ほか

ゼロ年代に鮮烈に登場した詩人の、今を生きる言葉たち。解説＝山嵜高裕ほか

懐かしさと新しさと。確かな筆致で紡ぐ独創の異世界。解説＝井坂洋子ほか

二つの国の間に宿命を定めた中国人詩人の日本語詩集。解説＝谷川俊太郎ほか

ゼロ年代以降の新たな感性を印象づけた衝撃の作品群。解説＝福間健二ほか

個から普遍の詩学、その日本語の美と宇宙論的文明批評。解説＝溝口章ほか

何物にも溶けない砂に己を重ねた詩人が希求する愛と生。解説＝國峰照子ほか

自由詩と定型詩の両岸を橋渡す無二の詩人、その精髄をあかす。解説＝田原

八〇年代から現在までの代表作を網羅した詩人の今。インタビュー＝吉田文憲

日本語つかいの名手の閃き。最後の詩集までを収める。解説＝鈴木志郎康ほか

飾りのない生の起伏を巡り、書き置かれた途上の歩み。解説＝小川国夫ほか

「明示法」による知覚体験の記述の試みへと至る軌跡。解説＝支倉隆子ほか

路上派としての出発から現在まで。詩と生きる半生を刻む。解説＝辻征夫ほか